MIRACLE
À LA COMBE AUX ASPICS

Ante Tomić

MIRACLE
À LA COMBE AUX ASPICS

Traduit du croate
par Marko Despot

LES ÉDITIONS NOIR SUR BLANC

*La bibliothèque de Dimitri se veut un hommage
au travail éditorial de Vladimir Dimitrijević (1934-2011),
fondateur des Éditions L'Âge d'Homme.*

Logo de la collection : *Le Passeur*,
dessin réalisé par Vladimir Dimitrijević en 1974

*Ouvrage publié avec le soutien du ministère de la Culture
et des Médias de la République de Croatie*

Republic
of Croatia
Ministry
of Culture
and Media
Republika
Hrvatska
Ministarstvo
kulture
i medija

Titre original
Čudo u Poskokovoj Dragi

ISBN : 978-2-88250-677-1

NOTE DE L'ÉDITEUR

L'orthographe croate est rigoureusement phonétique : à chaque caractère correspond un son unique et invariable. On s'assurera une prononciation correcte en ayant à l'esprit les particularités suivantes :

ć = *tch* mou (match)	j = *ill* (feuille)
c = *ts* (tsar)	s = *ss* (lisse)
č = *tch* dur (Mandchourie)	š = *ch* (chou)
e = *é* (pré)	u = *ou* (roue)
g = *g* (gare)	ž = *j* (je)
h = *kh* (halva)	

Well my name's John Lee Pettimore
Same as my daddy and his daddy before
You hardly ever saw Grandaddy down here
He only came to town about twice a year
He'd buy a hundred pounds of yeast and some copper line
Everybody knew that he made moonshine
Now the revenue man wanted Grandaddy bad
He headed up the holler with everything he had
It's before my time but I've been told
He never came back from Copperhead Road

Steve Earle

À Zrinka Tukić

CHAPITRE UN

Consacré aux dizaines de manières de préparer la polenta, aux choses à ne pas faire lorsqu'on lave des vêtements de couleur, et à la soupe servie dans un cendrier. Deux hommes manquent de se faire assassiner, un autre désire se marier, et l'on ne sait pas qui est le plus à plaindre.

Loin dans les montagnes se niche la Combe aux Aspics. Difficile à trouver, cachée, protégée comme une forteresse, avec une unique route praticable à travers un défilé sinueux qui, après un dernier contour, s'élargit soudainement sur un plateau karstique, pour buter, à peine deux cents mètres plus loin, sur une falaise à pic. Là, sur cette terre rocailleuse, rarement ensoleillée, s'étalent quelques champs de trèfle, deux ou trois rangs de patates et de pois chiches, deux insignifiants lopins d'oignons arrachés à grand-peine à l'enchevêtrement de ronces, de frênes et de charmes. Les fleurs orange des citrouilles rôtissent sur une minuscule parcelle défrichée ceinte d'un muret de pierres sèches.

Un village fantôme se recroqueville sur les bords du plateau, au pied de la falaise: une dizaine de maisons de pierre et d'étables basses aux tuiles fendues – abandonnées, en ruine, envahies par la végétation. Et, au milieu de ces décombres, s'élève la blanche et pimpante maison de Jozo Aspic, le seul à être demeuré là avec ses fils, sur la terre de sa tribu éparpillée. Cela fait longtemps que les autres Aspic sont partis s'installer dans des villes lointaines, trouver du travail, éduquer leurs enfants, et qu'ils ont oublié leur pays et leur long passé séditieux.

C'étaient des hommes fiers et insoumis, des brigands et des contrebandiers : dissimulés sous des peaux de mouton, ils bondissaient hors du troupeau et, de leurs lames courtes et recourbées, tranchaient la gorge tour à tour aux percepteurs ottomans, aux géomètres autrichiens, aux gendarmes, policiers et facteurs yougoslaves. Les chroniques ecclésiales rapportent bon nombre d'accidents où quelque fonctionnaire, ayant surestimé sa propre autorité, s'était aventuré dans la Combe aux Aspics. Longtemps, très longtemps, personne n'en entendait plus parler. Et puis des bergers le retrouvaient dans un fossé, rongé par les bêtes. Ils le reconnaissaient à son uniforme brodé d'or, que le pauvre avait fièrement porté de son vivant.

Mais tout cela, c'était du passé. Les habitants étaient partis, avaient adopté les lois et les coutumes citadines. Ils avaient perdu le caractère sauvage et rebelle qui forçait à prononcer le nom des Aspic à voix basse, prudemment, en l'accompagnant des malédictions de rigueur. Seul Jozo était resté, au grand dam de sa femme Zora, décédée l'an passé.

À l'époque où elle croyait encore que cela pourrait avoir un effet, Zora suppliait Jozo de fuir le pierrier, le désespoir, les ténèbres profondes et insondables des nuits hivernales, quand on vous rappelle, à la faveur du hurlement lointain des loups, que vous êtes vivants et que vous reposez dans une tombe glacée. Elle le conjurait de déménager en un endroit ensoleillé, où l'on peut entendre les gens, la musique, quelque part en bord de mer, pourquoi pas : habiter près d'autres personnes, à proximité d'un magasin, d'un restaurant, d'une poste, d'un hôpital, d'une école, avoir le téléphone et l'eau courante.

– Ce serait plus simple, Jozo, murmurait-elle en pleine nuit, le poussant du pied dans leur lit.

– Va au diable ! répondait-il en lui tournant le dos. Si je descends, ils m'obligeront à immatriculer la voiture.

– Mais tout le monde immatricule sa voiture. C'est normal !

– Eh bien moi, je ne veux pas ! Ils n'ont pas à savoir ce que je possède ou non.

Zora poussait un soupir éploré, les larmes coulaient sur ses joues. Elle pleura et gémit ainsi les dix premières années de son mariage, puis ses yeux s'asséchèrent. Du jour au lendemain, elle se tut, et ne parla plus jamais avec son mari. Elle se faisait violence pour lui servir la soupe, pour lui arranger le col de sa chemise, ils se couchaient sans dire un mot et se levaient sans se souhaiter le bonjour. Ils faisaient même ces choses-là dans le silence. Ainsi pendant plus de trente ans. Comme si elle en avait fait vœu à la Sainte Vierge, Zora se tut jusqu'à son dernier soupir, où elle jeta un tendre et ultime regard à son époux et murmura :

– Tu es une merde.

Puis elle mourut, laissant Jozo seul avec quatre enfants, certes adultes, mais d'humeur belliqueuse : Krešimir, Branimir, Zvonimir et Domagoj.

Le vieil Aspic, coléreux et revêche, n'avait de sa vie dit un mot aimable, caressé ou étreint quiconque. Si quelqu'un avait essayé de l'embrasser, il l'aurait certainement tué sur place. Quand il appréciait une personne, il n'en laissait rien paraître. Avec ses fils, le problème principal était qu'ils étaient plus grands que lui. Petit et courtaud, le père avait supporté ses fils aussi longtemps qu'ils avaient été gringalets, mais dès que l'un d'entre eux fêtait ses treize ou quatorze ans et qu'il le dépassait en taille, il se mettait à le haïr. Ayant hérité des gènes de leur mère, les quatre garçons étaient devenus grands et costauds : de sa perspective de grenouille, leur père les dévisageait avec malveillance ; il avait appris avec le temps à bien réfléchir avant de les talocher. Pour être honnête, il les craignait un peu. Encore à présent, au gré des caprices de la météo, il sentait dans ses os le souvenir d'une bagarre qu'il avait eue avec Krešimir, vingt ans plus tôt.

Krešimir – il ne devait pas avoir plus de dix-sept ans – avait cassé le manche de la hache, et Jozo lui avait imprudemment donné une baffe. Et là, Dieu tout-puissant, le fils l'avait empoigné par la chemise, et paf, paf, paf, coup droit, revers, coup droit, revers, coup droit, revers… Krešo ne se serait jamais arrêté si son père, dans un geste antisportif, ne lui avait envoyé son genou dans les parties. Il se recroquevilla et tomba. Avec l'intention de l'achever, Jozo lui envoya deux coups de pied dans les côtes ; au troisième, le garçon lui agrippa la jambe. Il le fit tomber, lui grimpa dessus, le saisit par les cheveux et se mit à lui frapper la tête au sol. À moitié évanoui, Jozo put libérer un bras : il planta ses doigts dans les yeux de son fils, se dégagea et prit la fuite.

Tout l'après-midi, les deux se pourchassèrent dans la montagne : ils se tendirent des embuscades, se bastonnèrent, se jetèrent des pierres jusqu'au moment où le père s'effondra, à moitié mort, sous un érable. Krešimir lui avait cassé le nez, le tibia et deux côtes. La nuit venue, Jozo revint à la maison à quatre pattes. Zora l'attendait sur le seuil, un sourire mauvais sur les lèvres. Elle était contente, la diablesse, l'animal, l'épouse du démon.

– Rigole, rigole, dit Jozo en crachant du sang. Si tu voyais l'autre…

Le fils aîné avait dégusté, lui aussi : il avait l'humérus fendu, l'arcade sourcilière ouverte et deux dents de moins. Mais de l'avis de tous, Jozo avait perdu ce combat. Sa carrière de père suivit dès lors une pente déclinante. En dépit de nombreux accrochages ultérieurs, avec Krešimir et ses autres rejetons, il ne put recouvrer son titre de champion.

Depuis la mort de sa femme, il était obligé de parler avec ses fils, bien plus qu'il ne l'aurait voulu. Il ne sortait pas souvent de chez lui, il avait pris sur lui de préparer à manger pour la famille, s'étant rendu compte qu'il aimait cuisiner, expérimenter, inventer des recettes. La polenta, par exemple. C'est incroyable, toutes ces façons de préparer la polenta. Jozo mettait l'eau à bouillir, y versait la farine de maïs, puis, une minute avant qu'elle ne prenne, il rajoutait tantôt du fromage râpé, tantôt du lard grillé avec de l'oignon, du pâté de foie, des tomates, de la purée de carottes, des noix hachées, de la cannelle, de la confiture d'abricots, ou du yoghourt aux fruits... Le vieux se réjouissait chaque fois qu'il trouvait un nouveau goût à sa polenta, même quand ça ne plaisait pas à ses fils, qui avaient eu la diarrhée après sa polenta au cacao. Malgré ces incidents, le père ne baissait pas les bras. Il aurait pu manger de la polenta chaque jour.

Et de fait, ils en avalaient chaque jour.

De temps en temps, touillant avec dégoût la masse gluante d'une incroyable couleur brunâtre, l'un des fils demandait :

– Bon Dieu, avec quelle merde tu l'as épicée ?

– Avec de la moutarde.

– Papa, t'es un malade.

– Pardon, pour ceux qui n'aiment pas, la cuisine est par là, disait Jozo, pointant un doigt résolu en direction du fourneau.

Cette phrase mettait un terme à toute rébellion dans la salle à manger, personne d'autre ne voulant s'occuper de la cuisine. De la même manière, personne ne se permettait de critiquer Domagoj, le plus jeune d'entre eux, qui, après la mort de l'épouse et de la mère regrettée, se chargeait de la lessive. Sans plainte aucune, tous portaient des sous-vêtements rosâtres, assez peu masculins, Domagoj ignorant qu'il fallait laver séparément le linge blanc et celui de couleur.

+

– Crouou ! Crouou ! Crou !

Le roucoulement roula à travers le pierrier, glissa entre les premiers bourgeons des arbres, égaya cette matinée de printemps ensoleillée, alors que la nature se reposait. Jusque-là, tout semblait calme et harmonieux, personne n'était l'ennemi de personne. La buse campait paisiblement au sommet du chêne, les serpents bronzaient paresseusement sur la pierre. Même le vent s'était arrêté, la rosée brillait sur les fils argentés des toiles d'araignées. Puis la tourterelle poussa son cri, suscitant une tension inexpliquée dans la Combe aux Aspics.

– Crouou ! Crouou ! Crou ! entendit-on une nouvelle fois.

Dans la cuisine, Jozo leva les yeux de son journal et tendit l'oreille, tout comme Krešimir qui était en train de s'occuper d'un pot d'échappement pourri dans le garage. Dans la cour, Branimir et Domagoj fendaient du bois ; ils se figèrent, la hache en l'air.

– Crouou ! Crouou ! Crou ! roucoula l'invisible oiseau pour la troisième fois.

Les garçons lâchèrent tout et se précipitèrent au rez-de-chaussée, dans un petit réduit sous l'escalier.

À moins d'un kilomètre de la Combe aux Aspics, la Lada blanche de l'Intercommunale d'électricité sautillait sur la route accidentée qui traversait le défilé.

– Depuis mil neuf cent quatre-vingt-quatre, déclara le maigrichon d'une vingtaine d'années qui parcourait des documents, assis à la place du mort.

– Non, sans déconner ! rétorqua avec stupéfaction le chauffeur grassouillet, à peine plus âgé. Ils ne paient plus l'électricité depuis mil neuf cent quatre-vingt-quatre ?

– C'est tout ce qu'on sait, dit le passager. Peut-être qu'ils ne payaient pas avant non plus, mais les documents plus anciens sont archivés à la cave.

– J'arrive pas à le croire. Tu es sûr ? On leur a envoyé des mises en demeure ? Personne n'a songé à leur couper le courant ?

– Personne ne les connaît.

– C'est impossible.

– Au bureau, personne n'a entendu parler de la Combe aux Aspics. À part peut-être le vieux Nediljko. Tu connais Nediljko, le boiteux, il prend sa retraite après le Nouvel An. Il a fait la tête de celui qui sait quelque chose. Il m'a regardé craintivement quand je lui ai posé la question, mais il n'a rien voulu raconter.

– C'est bizarre.

– Il m'a seulement dit : « Si tu as une once de jugeote, ne te mêle pas de ça. – Mais pourquoi, monsieur Nediljko ? j'ai demandé. C'est quoi, le problème ? Dans ces cas-là, on coupe toujours le courant, non ? – Petit, je t'ai tout dit, qu'il m'a répondu. Laisse la Combe aux Aspics tranquille. Oublie même que tu en as entendu parler. »

– On dirait une blague, conclut le chauffeur. Tu as vérifié s'il y avait encore des habitants ? Quelqu'un y vit toujours ?

Le passager était sur le point de répondre par l'affirmative, compte tenu de l'importante consommation de kilowatts, mais ce fut inutile, car une preuve de la vie dans la Combe aux Aspics venait de débouler sur le côté droit de la route, une dizaine de mètres plus loin, pointant un fusil semi-automatique en direction du pare-brise de la Lada Niva. Puis une autre surgit d'un buisson, un pistolet à la main.

– C'est quoi cette..., chuchota, stupéfait, le maigrelet.

Le chauffeur reprit rapidement ses esprits, injuria vilainement le Créateur du ciel et de la terre, mit la marche arrière et parcourut quelques mètres. Mais un troisième homme se dressa derrière eux, un lance-roquettes nonchalamment accroché à son épaule, coupant toute retraite à l'équipe de terrain de l'entreprise publique.

– Éteins le moteur et mets les mains sur le volant ! Montre tes mains, que je les voie ! ordonna Krešimir en approchant prudemment, pointant son fusil semi-automatique et les observant à travers le viseur.

Le chauffeur coupa le moteur et tira le frein à main. Apeurés, les deux étrangers levèrent les bras tout doucement, voulant montrer qu'ils étaient venus sans armes, avec des intentions pacifiques. Les trois Aspic cernèrent aussitôt la voiture.

– In-ter-com-muna..., lut Branimir avec peine l'inscription au-dessus de l'éclair jaune sur la portière.

– Intercommunale d'électricité, l'aida Domagoj.

– Sortez ! dit Krešimir en tambourinant du canon de son fusil contre la vitre de la Lada. Tous les deux. Sortez !

– Nous venons pour l'électricité, se risqua le chauffeur, émergeant de la voiture les mains levées.

– Nous avons quelques questions concernant vos factures, ajouta le passager.

– Nous n'avons aucune question concernant vos factures, corrigea le chauffeur. On est venus comme ça, voir s'il y a…

– Qui vous a envoyés ? le coupa Krešimir.

– Mais…, s'embrouilla le chauffeur. Nous venons pour l'électricité.

– Espèce d'andouille, tu entends ce qu'on te demande ? cria rageusement Branimir qui, poussant ses deux frères, vint braquer son pistolet contre la joue de l'employé de l'Intercommunale d'électricité. Qui vous a envoyés, ordure ?

– On… on… on… vient… pour l'électricité, répéta le malheureux d'une voix chevrotante. Personne… ne… ne… ne nous a envoyés. On est venus de notre propre chef.

– Krešo, laisse-moi le tuer, implora Branimir. Quand on aura tué le premier, le second parlera.

Krešimir réfléchit un instant à la proposition, puis secoua la tête.

– Emmène-les à la maison. Papa saura quoi en faire.

✢

Les mains liées derrière le dos, les deux hommes en salopette bleue étaient agenouillés sous le mûrier. Menaçant, une courte mitraillette à la main, le vieux Jozo tournait autour d'eux, lentement, sous les yeux de Krešimir, Branimir et Domagoj qui observaient la scène avec intérêt.

– Ratko, tu dis ? demanda Jozo au chauffeur.

– Non, monsieur, moi, c'est Nenad. Ratko, c'est lui, dit le chauffeur en désignant son collègue de la tête.

– Nenad, corrigea Jozo. C'est mal, ce que tu fais, Nenad. Tu le sais, que c'est mal.

Nenad baissa les yeux, hochant la tête de honte pour ne pas vexer le vieil homme. Armé, qui plus est.

– Tu es un bon garçon, poursuivit Jozo pensivement. Je le vois sur ton visage. Tu n'es pas mauvais, on t'a retourné la tête. Tu t'es laissé embarquer par de mauvaises influences. Tu factures l'électricité. Tu n'as jamais pensé, en facturant l'électricité à un homme comme moi, que ça pouvait être ton père ? Ou ta mère ? Est-ce que ton père et ta mère savent ce que tu fais, Nenad ? Est-ce qu'ils t'ont élevé pour que tu factures l'électricité ? Est-ce qu'ils savent où tu es maintenant, espèce de bandit ?

La tête penchée sur sa poitrine, Nenad éclata en sanglots. Jozo comprit que ses paroles lui avaient brisé le cœur, que le garçon était bouleversé par l'évocation de ses parents et de leur honte face à la déchéance morale de leur fils. Tout cela émut le vieux Jozo Aspic. Lui alla droit à l'âme. Comment donc, n'était-il pas un père, lui aussi ?

– Allez, dis-moi, mon garçon, souffla-t-il bienveillamment à l'oreille de Nenad. Dis à Jozo qui vous a envoyés, et peut-être… Je ne promets rien, mais peut-être que je vous laisserai la vie sauve.

– Personne ne nous a envoyés, monsieur. Nous sommes venus de notre propre chef, dit Ratko.

– Papa, laisse-moi le tuer ! tonna Branimir. Laisse-moi en tuer un, l'autre parlera après…

Jozo l'interrompit d'un geste de la main et se pencha tout près du visage de l'employé de l'Intercommunale d'électricité.

– Ne mens pas, mon garçon. Ce n'est pas bien de mentir, dit-il doctement. Je sais que quelqu'un vous a envoyés, et je sais qui c'est… Nediljko !

Il s'arrêta pour observer la réaction de Ratko à l'évocation de ce nom, et sourit en constatant qu'il avait raison.

– Krešo, tu te souviens de Nediljko ? demanda-t-il à son fils aîné en se relevant. Tu ne t'en souviens sûrement pas, tu étais encore jeune quand ce vautour est venu avec ses factures d'électricité. Je l'ai tellement bien accueilli qu'il n'a plus été tenté de revenir. Eh bien, comment va le camarade Nediljko ? demanda Jozo aux deux hommes. Il a mal au genou ?

– Il boite.

– Il boite, répéta Jozo avec mélancolie. Il s'en est bien sorti. Je ne lui ai cassé qu'une jambe. Je voulais lui trancher l'oreille. – Il se tourna vers son fils aîné. – Je tenais le couteau contre son oreille, mais ta mère ne m'a pas laissé faire. « Arrête, Jozo, pas devant l'enfant », qu'elle a dit. À l'époque, elle me parlait encore. Et maintenant, regarde, dit-il, hargneux, en jetant un coup d'œil aux prisonniers. Tu laisses partir un bon à rien, tu lui épargnes la vie, il t'est reconnaissant. Mais regarde-moi ça ! Tu en laisses partir un, ce sont deux autres qui se raboulent.

Il hocha la tête, arma sa mitraillette et la pointa sur les employés.

– Je ne vais plus me laisser emmerder.

– Non, monsieur ! Je vous en prie, monsieur Aspic ! On voulait pas ! On est désolés, on ne recommencera plus jamais ! Ayez pitié ! Au nom du Christ, ne tirez pas ! couinèrent les deux hommes en salopette, mais Jozo avait déjà levé le canon en l'écartant du visage, car sa mitraillette, un vieux modèle, dégageait beaucoup de fumée.

– Crouou ! Crouou ! Crou !

Le roucoulement se fit de nouveau entendre, interrompant Jozo dans son geste. Krešimir, Branimir et Domagoj dressèrent l'oreille.

– Crouou ! Crouou ! Crou !

– Ils ne sont pas seuls ! cria le vieux. Krešimir, Branimir, Domagoj, vite ! À vos postes !

Alors que les trois frères couraient vers la route, un sifflement perçant résonna à travers la Combe aux Aspics.

Zvonimir, qui avait passé la journée à faire le guet, se mit debout sur un rocher et fit un large signe des bras à son père et à ses frères.

– Fausse alerte ! cria la sentinelle. C'est don Stipan !

Deux minutes plus tard, la Passat bleu nuit du curé de Smiljevo, qui avait l'ingrate responsabilité de veiller sur les âmes de ce coin perdu, s'arrêta dans la cour.

– Loués soient Jésus et Marie, salua le curé en sortant de la voiture.

– Pour les siècles des siècles, marmonnèrent humblement les Aspic.

– Quoi de neuf, mes amis ?

– Rien de spécial, don Stipan, la vie suit son cours, dit Jozo.

Krešimir fit un geste en direction de la voiture.

– Le moteur fait un drôle de bruit.

– N'est-ce pas ? acquiesça le prêtre. Je l'ai aussi remarqué. Comme s'il toussait.

– Comme ça, à première vue, je dirais que la pompe d'injection est foutue.

– Jette un coup d'œil, sois gentil, dit le curé en lui tendant la clé de la voiture, avant de se tourner vers les deux hommes agenouillés. Et ceux-là, qui sont-ils ?

– Des bandits, mon père, répondit le doyen de la famille. Ils sont venus facturer l'électricité. Ils volent le peuple. Si vous étiez venu cinq minutes plus tard, vous les auriez trouvés refroidis.

– On ne tue pas les gens, Jozo, c'est péché.

– Eh, tout est péché avec toi.

– C'est péché, Jozo. C'est un péché mortel. S'ils t'ont offensé, laisse-les repartir, ils ne recommenceront plus.

– Mais ils recommenceront, don Stipan, ils reviennent pour un oui ou pour un non. C'est la deuxième fois en trente ans qu'ils viennent me facturer l'électricité. Je ne peux plus tolérer ça.

– Monsieur Aspic, c'était une erreur. Je vous donne ma parole, on ne reviendra plus !

Nenad, de l'Intercommunale d'électricité, avait essayé d'intervenir, mais personne ne lui avait prêté attention.

– Jozo, écoute-moi, dit le prêtre en approchant avec prudence. C'est chrétien de pardonner, ajouta-t-il en abaissant le canon de la mitraillette. Laisse-les repartir.

Jozo hocha la tête et poussa un soupir en regardant ses prisonniers.

– Vous avez de la chance, dit-il avant de se tourner vers ses fils. Enfermez-les au cellier.

– Jozo, non, laisse-les partir, supplia le curé.

– Eh, tu voudrais le beurre et l'argent du beurre. Je leur épargne la vie, comme tu le voulais. Ne m'en demande pas plus. Ce sont mes prisonniers.

Don Stipan le fixa avec reproche, mais Jozo ne fléchit pas.

– Tu ne veux pas les laisser s'en aller ?

– Non.

– D'accord, dit le curé.

+

– Tu veux manger quelque chose ? Il nous reste de la polenta aux cerises.

– Non, merci, le dîner m'attend, dit don Stipan avec prudence, s'asseyant sur la chaise de la cuisine.

– Tu ne sais pas ce que tu manques, mais bon. Qu'est-ce que je peux t'offrir ? Tu veux une bière, de l'eau-de-vie, du café ?

– Donne-moi un café avec un jus de fruit, si tu en as.

– J'ai tout, mon ami. Que nous vaut le plaisir de ta visite ?

– La messe pour ta défunte épouse, ça fera un an qu'elle est morte, jeudi en huit.

– Allez ? s'étonna Jozo. Déjà ? Et qui a payé la messe ?

– Elle-même, avant de mourir. Elle a payé d'avance dix ans de messes de requiem. Elle disait : « Je sais qu'ils ne vont pas s'en souvenir », et tu vois, elle avait raison. Elle était très pieuse, ta défunte épouse.

– Si tu le dis. Tu la connaissais mieux que moi, dit Jozo.

– Chaque fois que c'était dur pour elle, elle s'en remettait à Dieu.

– Qu'est-ce que tu veux, on se fourre facilement le doigt dans l'œil.

Le prêtre ne sut pas comment interpréter la remarque de Jozo. Il jeta un coup d'œil à la cuisine où Domagoj lui préparait le café. Sur le mur au-dessus du frigo pendait un calendrier pour le mois de février, alors qu'on était en avril, et à côté, de guingois dans son cadre, une vieille photo de quelques hommes en uniforme... Au milieu, Krešo Aspic, bien plus jeune, le bras autour de l'épaule d'un escogriffe souriant, une kalachnikov à la main et un béret crânement posé sur la tête. Le curé eut une grimace de dégoût en voyant la pile de vaisselle sale et moisie dans le lavabo. Une masse jaune s'était figée en coulant sur la cuisinière, et la crédence était recouverte de taches de nourriture de toutes les couleurs.

– Ils ne veulent pas laver la vaisselle, mon père, dit Jozo en remarquant le regard du prêtre.

Il pointa la tête en direction de Branimir qui s'assit à table.

– L'autre jour, cet imbécile a eu la flemme de laver une assiette, il a mangé dans un cendrier.

– Un cendrier?! s'étonna don Stipan.

– Un grand cendrier en cristal. Comme il n'y avait pas d'assiette propre, cette andouille a versé la soupe dans le cendrier.

Au souvenir de cette idée de génie, Branimir esquissa un sourire ravi.

– Il trouve ça drôle, dit le père, dépité. Dieu tout-puissant! Toute ta vie, tu inculques des principes à tes enfants, et voilà le résultat! Quand ils se déshabillent, ils laissent tous leur caleçon sur le lit. Sans parler de la lessive: quand il y en a un qui lave sa chemise et la laisse sécher, un autre la lui prend, et ça finit en bagarre.

– Une maison est difficile à tenir sans présence féminine, conclut don Stipan en sirotant le café que Domagoj venait de poser devant lui.

– Pas du tout, dit Jozo en se frottant le ventre des deux mains. J'ai pris six kilos.

– Ça ne se voit pas avec ta stature.

Jozo Aspic tiqua et lui jeta un regard haineux à travers ses paupières à demi fermées. Si un autre que le curé lui avait fait un tel commentaire sur sa taille, il lui aurait fichu une taloche sans semonce. Connaissant le point faible de son père, Branimir, radieux, leva la tête dans l'attente d'une explosion de rage, alors que Domagoj recula peureusement d'un pas. Don Stipan remarqua que l'atmosphère s'était comme refroidie. Par chance, Krešimir vint désamorcer la tension en lançant la clé de la Passat sur la table.

– Comme je vous l'ai dit, c'est la pompe d'injection qui merde.

– C'est sérieux ?

– Non, c'est facile à changer, dit le fils aîné en s'asseyant à table. Mais il faut acheter une nouvelle pompe, et ça coûte deux cents euros. La voiture a quel âge ?

– Elle est neuve, à peine un an et demi.

– Alors elle est toujours sous garantie ?

– Je pense que oui.

– Donne-la au garage, ils doivent te la réparer à l'œil. Par contre, n'attends pas. Tu peux encore la conduire, mais elle ne va pas tenir longtemps. Quoi de neuf chez toi ? demanda Krešo en s'appuyant sur les coudes et en croisant les doigts.

– Rien de spécial, je suis venu vous dire pour la messe de votre mère, jeudi en huit.

Krešimir baissa les yeux et hocha la tête solennellement, comme il se doit quand on parle d'une défunte.

– J'ai demandé à votre père comment vous vous débrouilliez sans elle, il me dit que ça va, continua don Stipan. Ça fait plaisir à entendre.

– Ça ne va pas du tout, don Stipan ! s'emporta Krešo.

– Regardez-le, dit Jozo. Qu'est-ce qui ne va pas ?

– Rien, dit Krešimir avec amertume. Rien ne va. Je donne juste un exemple, don Stipan : les caleçons. L'élastique est usé, toutes nos culottes nous viennent jusque-là – et il écarta les bras à l'horizontale. Si je veux – pardonnez l'expression – aller pisser, je n'ai pas besoin de les enlever. Je n'ai qu'à les lâcher.

– Oh, les caleçons le gênent..., ironisa Jozo.

– Pas seulement les caleçons ! se fâcha Krešimir. Regarde la chemise de Domagoj.

– Qu'est-ce qu'elle a, ma chemise ?

– Il a perdu un bouton, il en a cousu un violet, qu'il a pris sur la veste de la mère. Si au moins il avait trouvé la bonne couleur.

Honteux, Domagoj couvrit le bouton de sa main. Revêtu de tissu violet et de la grandeur d'une pièce de monnaie, il est vrai qu'il jurait sur sa chemise à carreaux bleus et blancs.

– Et regarde Branimir. Depuis l'enterrement, il ne porte que des pantalons de laine noirs.

– Ce sont de beaux pantalons, qu'est-ce que ça fait ? dit Jozo sur un ton conciliant.

– Une paire de pantalons, papa, souligna Krešimir. On ne peut pas porter une seule paire de pantalons toute l'année.

– Là, tu as raison, admit Jozo, puis, se tournant vers Branimir : Écoute ton frère. Bon sang de bois, Brane, tu aurais pu te changer.

– Rien ne va plus dans cette maison depuis que la mère est partie, continua Krešimir, bouillonnant. On est fripés, malpropres, mal rasés, comme des bêtes des collines.

– Ce n'est pas une raison pour nous insulter, dit son père à voix basse.

Un silence gênant envahit la cuisine de Jozo Aspic. Le fils aîné avait proféré des vérités qui les tourmentaient tous depuis un certain temps, et ils avaient honte de l'avouer.

– Hum, toussota don Stipan avant de déclarer doctement: Je crains qu'il n'existe qu'une seule issue à la situation que vous vivez. L'un de vous devrait se marier. Qu'un seul revienne avec une femme, et tout serait plus simple.

Les Aspic, incrédules, se regardèrent avec effroi. Le choc les avait rendus muets. Branimir éclata d'un rire nerveux, mais se tut en comprenant que personne n'avait envie de plaisanter. Aucun d'entre eux ne s'attendait à ce que le curé profère de telles horreurs. Personne excepté Krešimir, qui, les yeux perdus dans le vide, ramassait du bout des doigts les miettes sur la table.

– Tu sais, don Stipan, dit-il finalement, j'y ai aussi songé.

– Krešo, fiston…, gémit Jozo.

– Je ne pensais pas le dire un jour, poursuivit Krešimir sans prêter attention à son père, mais ce serait peut-être mieux de se marier. On ne peut plus continuer ainsi, mon père. On ne peut plus vivre sans femme.

Le prêtre hocha la tête.

– Krešo, réfléchis bien, le prévint son père. Réfléchis, ne fais pas la même erreur que moi.

Krešimir hocha pensivement la tête en direction du vieux. Il avait l'air de celui qui a pris une lourde décision et qui n'a pas l'intention d'y renoncer.

– Je ne vous ai rien dit parce que je n'étais pas sûr, mais ça fait quelque temps que je pense qu'il faudrait descendre en ville me trouver une femme.

Tous restèrent bouche bée devant la déclaration de Krešo. Seul Domagoj, le benjamin et le plus sensible d'entre eux, le fils préféré de leur mère défunte qui l'avait élevé quasiment comme une fille, Dieu ne lui ayant pas permis d'en avoir une, enfouit son visage dans le rideau encrassé et, inconsolable, éclata en sanglots.

CHAPITRE DEUX

Où l'on décrit la pénurie de femmes, même en milieu urbain, et les jeunes mariées contaminées qui se vendent par ordinateur. Où l'on enseigne également que les Serbes n'aiment pas perdre. À la fin, il pleut, ce qui n'est pas plus mal.

Zvonimir surveillait le bruit de l'eau dans la salle de bains, celui des pas le long du couloir, des habits qu'on enfile, du grincement de la porte et de la toux de son frère aîné. Il pensait qu'il était le seul à l'avoir entendu, mais Branimir, son jumeau, était éveillé dans le lit à côté du sien.

– Il s'en va, chuchota Brane.

– Oui, acquiesça Zvone, tout remué.

– S'il trouve une femme, il ne va pas revenir.

– Il reviendra.

– Tu penses ?

– C'est sûr, dit Zvone à voix basse, sans en être tout à fait certain.

Empourprant le pierrier, le soleil était sur le point de se lever derrière les pics rocheux. Les deux percepteurs prisonniers, ignorant cette beauté, contemplaient tristement le monde extérieur à travers les barreaux du cellier. Un chardonneret fit entendre son chant dans le bosquet au-dessus de la maison au moment même où Krešimir posait son sac dans la voiture. Il referma le coffre et se mit à écouter l'espiègle couplet. Il promena son regard sur le village où il avait passé presque toute sa vie. Trente-huit ans. Excepté durant la guerre, il n'avait quasiment jamais passé une nuit hors de la Combe aux Aspics. La lumière s'alluma dans la cuisine, son père se montra à la fenêtre. Lugubre, il observa Krešimir quelques instants ; ce dernier voulut le saluer. Mais à peine eut-il levé la main que Jozo, renfrogné, recula et tira le rideau. Krešo se sentit bête : il prolongea son geste, faisant semblant de se gratter l'occiput. Il prit place dans la Golf, alluma le moteur et démarra, le cœur lourd.

– Krešo, frérot, bon voyage ! cria derrière lui Domagoj depuis son observatoire au-dessus du col.

Krešimir leva le bras en guise de réponse, sans se retourner. C'était la mi-avril, la première sauge teintait les dévers en violet.

Il faisait jour lorsque, depuis les montagnes, il rejoignit la route principale, au croisement derrière les ruines d'une ancienne auberge où pointait un figuier sauvage. Les champs dans la plaine s'étalaient comme une couverture bigarrée : trapèzes bruns des terres arables, verts des prairies, jaunes des blés, côtelés des vignobles. Un tracteur minuscule serpentait sur un chemin blanc entre les plantations. Les flaques de pluie brillaient comme de l'or fondu, le pays tout entier miroitait dans le brouillard.

Krešo traversa nombre de montagnes, de plaines et de villages, dépassa quantité d'églises entourées de cyprès, de bazars devant lesquels campaient des hommes assis sur des cageots, bière à la main, d'arrière-cours envahies d'herbes où rouillaient des machines agricoles hors d'usage, de moutons sales qui broutaient dans le maquis, de femmes traînant des carrioles de trèfle et d'enfants ployant sous leurs cartables, jusqu'à ce que, passé un virage, le bleu de la mer lui apparût, avec les silhouettes grises des îles au loin. La circulation se fit plus dense lorsqu'il arriva à la périphérie de la ville, toute en cubes blancs, envahie de centres commerciaux, d'usines et de dépôts. Perdu dans le chaos des camions de livraison, il faillit rater l'entrée de l'agglomération, puis erra plus d'une heure à travers la ville, prit un sens interdit, avant de trouver l'immeuble jaune dont il gardait un pâle souvenir de temps lointains.

Sa tante l'enlaça fougueusement et éclata en sanglots, son oncle prit sa veste et lui apporta des pantoufles. Krešimir déclara qu'il n'avait pas faim, mais cette affirmation, comme toujours, fut reçue avec dédain. À peine s'était-il retourné qu'il était déjà assis dans la cuisine, enfournant une omelette au filet de porc fumé sous le regard amoureux des deux autres.

– C'est difficile, de nos jours, fiston, lui dit oncle Ive après que Krešimir lui eut expliqué la raison de sa venue. Il n'y a plus de femmes. Je regarde les jeunes, aujourd'hui, personne n'a de petite amie. Il y a pénurie, même ici en ville.

– Allez, allez, dit tante Rosa, encourageante, lui caressant les cheveux, on peut sûrement trouver un ancien modèle au rabais.

– Des clous ! cria l'oncle. Elles se marient toutes avant que tu dises ouf ! Tu te souviens d'Alfirević, celui qui travaillait avec moi, qui a une fille sourde-muette ? Pendant des années, il me disait : « Ive, si seulement j'arrivais à la marier », et elle, sainte mère de Dieu, elle a à peine trente ans et c'est la troisième fois qu'elle divorce. Chaque fois qu'elle en trouve un, il lui faut à peine six mois pour entamer des disputes.

– Comment une muette peut-elle se disputer ? demanda la tante, pensive.

– Les sourdes, les aveugles, les éclopées, les dindes, les muettes, celles aux oreilles décollées, aux grandes gueules, les crasseuses, les salopes, les gouines, s'emporta l'oncle, tout ce qui est femelle se trouve un mari de nos jours. Mais après, je ne sais pas… Tu devrais essayer de passer par une agence.

– Une agence ? s'étonna Krešimir.

– Aujourd'hui, il y a des agences, j'ai lu ça dans le journal l'autre jour : tu leur fournis des renseignements – qui tu es et d'où tu viens, ce que tu aimes et comment tu l'aimes –, et l'ordinateur choisit la fille qui te convient le mieux. Pas besoin de chercher, en cinq minutes tout est plié, qu'ils disent.

– Oh, je ne les toucherais même pas avec un bâton, ces filles de l'ordinateur, dit la tante avec défiance. Qui te dit qu'elles sont en bonne santé, qu'elles ne sont pas contaminées ?

– Contaminées ? Par quoi ? s'étonna oncle Ive.

– Par un virus électronique, pardi.

– Oh, Rosa, bon Dieu, tais-toi. Tais-toi avant que quelqu'un t'entende. Comment ces petites pourraient-elles être contaminées par un virus électronique ?

– Je ne sais pas, moi…, répondit Rosa avec prudence.

– Tu vois que tu ne sais pas. Tu te mêles de choses dont tu n'as pas idée.

– Trouve-t'en une dans une agence, plus cultivée que moi ! répliqua la tante en se tournant vers le fils aîné de sa défunte sœur. Ne l'écoute pas. Personne, dans la famille, ne s'est marié par ordinateur, toi non plus. Sors un peu. Il fait beau, c'est le printemps, la ville est pleine de belles filles, c'est un plaisir de les regarder. Tu ne vas pas aller dans une agence, en passant à côté de ces merveilles du bon Dieu.

– J'ai seulement dit que ce serait plus simple, insista oncle Ive.

– Des nèfles ! répondit Rosa. Celles qui attendent qu'une agence leur trouve un homme, ce sont des feignasses qui restent toute la journée sur leur canapé à manger des biscuits. Il faut se donner de la peine pour trouver un petit ami : se remuer, s'habiller, se maquiller, s'attacher les cheveux, il faut savoir parler, savoir rire, être intelligente, jolie, charmante, rusée… Suer sang et eau, petit, et pas attendre qu'il vienne de lui-même. Par ordinateur ? Laisse-moi rire !

– À dire la vérité, hésita Krešimir, je voudrais bien retrouver une fille. Une que je… Je ne sais pas comment dire… On était ensemble…

– Tu as une petite amie ? s'étonna son oncle. Tu aurais dû le dire tout de suite !

– C'est pas vraiment…, bafouilla Krešimir.

– C'est qui, on la connaît ? l'interrompit sa tante, radieuse.

– Vous ne la connaissez pas, elle est serveuse…

– Noble métier.

– Elle travaille dans un café où on allait pendant la guerre, quand on revenait du front.

– C'est quoi son nom ?

– La Girafe.

– Elle s'appelle Girafe ? s'exclama oncle Ive.

– Aunomdupèreetdufils…, se signa la tante.

– Mais non, répondit Krešo. Je pensais que vous me parliez du café. Le café s'appelle la Girafe, la fille, Lovorka. Elle vous plairait. Une fille plutôt grande, charpentée. Elle a les yeux bleus.

– Les plus beaux yeux du monde, dit la tante, enchantée.

– Tu l'as appelée ? Elle sait que tu viens ? demanda l'oncle.

– Ça fait un certain temps qu'on ne s'est pas téléphoné. On se voyait, comme je vous l'ai dit, à l'époque…

– Pendant la guerre ? l'interrompit l'oncle.

– Eh…

– Il y a quinze ans ?

– Bah, ça ne fait pas quinze ans.

– Fiston, ce n'est pas beaucoup moins, dit l'oncle, alarmiste. Vous vous êtes revus depuis ce temps-là ?

Krešimir fit non de la tête. L'oncle et la tante se jetèrent un regard inquiet.

– Krešo, je ne sais pas quoi te dire, continua l'oncle. Si tu ne l'as pas appelée depuis toutes ces années, je doute qu'elle t'attende.

– Tu penses ? s'étonna Krešo.

– C'est une femme, on ne peut pas lui faire confiance.

– Qui sait, peut-être qu'elle l'attend, dit la tante – mais sa voix trahissait son scepticisme.

Brisé, Krešo lui jeta un regard suppliant. Elle ne lui avait jamais vu une telle expression. Il avait l'air d'un petit garçon lorsqu'il balbutia à mi-voix :

– Ça ne fait rien, j'aimerais la retrouver... Elle est... Comment dire... Elle est restée dans mon cœur.

– Mon amour ! s'émut la tante. On la retrouvera. On la retrouvera, la bêtasse, même si on doit la chercher au Costa Rica.

+

Rosa prit tous les habits de Krešimir, ceux qu'il avait sur lui et dans son sac, et les mit à laver. Elle l'envoya prendre une douche et se raser. Quand il revint dans la chambre, du linge propre l'attendait sur le lit, pantalon et chemise, le tout appartenant à son oncle, qui était pratiquement de la même taille. En boutonnant la chemise, il regarda la rue à travers la fenêtre et se sentit soudainement perdu et vulnérable, loin de chez lui. Il eut d'un seul coup le sentiment d'avoir pris une mauvaise décision et souhaita retourner dans ses collines. Il devait être fou de croire qu'il pourrait trouver dans cette ville qu'il connaissait à peine une femme dont il ne savait quasiment rien.

Sa connaissance des femmes était plutôt limitée. Il les regardait de loin et avec prudence, ne sachant pas comment les aborder. Des années auparavant, à l'âge de treize ou quatorze ans, il avait ressenti une mystérieuse attirance pour une fille de sa classe, Sandra, assise devant lui. Il avait passé des heures à lui fixer la nuque, réfléchissant à une manière d'entamer la discussion. Une semaine passa, puis une deuxième, puis un mois et un autre, le semestre était terminé, le printemps succéda à l'hiver, les journées se firent plus chaudes, la fin de l'année scolaire approchait, et il continuait de fixer avidement sa queue-de-cheval, ses oreilles légèrement décollées, les bouclettes malicieuses dans son cou, sans savoir quoi faire. Finalement, certainement excédée par sa surveillance muette et maniaque, un jour Sandra se retourna et lui sourit timidement. Il en fut remué comme si on l'avait surpris dans une entreprise honteuse, et pour une raison qu'il ne sut s'expliquer plus tard, sans réfléchir, pour ainsi dire instinctivement, il la gifla.

– Elle a certainement voulu te montrer qu'elle t'aimait bien, lui dit sa mère qu'on avait convoquée à l'école après cet épisode.

Krešo l'avait regardée avec étonnement. Lui-même ne riait que s'il voyait quelqu'un boiter ou bégayer, marcher dans une bouse ou tomber du tracteur, c'est-à-dire quand il pouvait se moquer. Du coup, il avait pensé que la fille lui avait souri parce qu'il était mal coiffé, que son col était mis de travers, ou qu'il avait de la morve au nez. Qu'un sourire pût manifester de la sympathie était pour lui une découverte extraordinaire. Il avait donc décidé de se montrer plus amical la fois d'après.

Malheureusement, il n'y eut pas de fois suivante. Sandra n'avait plus jamais souri à Krešimir, et les autres filles de la classe, ayant eu vent de cet incident, baissaient peureusement la tête lorsqu'il les regardait. En grande partie à cause de la réputation de sa famille, de la sauvagerie des Aspic qui était de notoriété publique, mais aussi en raison de son caractère timide ; à l'école il était solitaire et mis à l'écart. Il ne faisait partie d'aucun chœur d'enfants, il n'avait aucun ami à qui se confier et avec qui partager son goûter, jamais un Mate n'était venu lui dire de la part de Zoran, l'ayant appris de Miranda, qu'il plaisait à Lucija.

– Comment tu as connu papa ? avait-il demandé une fois à sa mère, dans l'espoir que son exemple lui enseignerait les règles mystérieuses pour pouvoir aborder une fille.

Sa maman avait souri. C'était manifestement un souvenir agréable.

– Mon père l'a surpris en train de voler un veau. C'était le mariage ou une balle dans la tête.

Krešimir ignorait en quoi cette information pouvait lui être utile. Rien ni personne ne pouvait l'aider. Il termina l'école primaire, puis le lycée, les filles restaient pour lui énigmatiques et distantes. Le désir qui trépidait dans sa poitrine était devenu voilé, lourd, accablant. Il ne l'avait comblé qu'une seule fois, pendant la guerre, en février 1993, un mercredi pluvieux, lorsque, avec quelques camarades de sa compagnie, il était allé boire un verre.

De retour du front, débarquant du camion à la caserne de Split, ils avaient l'habitude d'aller à la Girafe dans la rue Tchekhov, jouer aux fléchettes en buvant quelques bières avant de rentrer chacun chez soi. Ils connaissaient la serveuse, charpentée mais jolie, la joyeuse et bruyante Lovorka. Celle-ci les connaissait tous et, mi-sérieux mi-plaisantant, les soldats lui faisaient du gringue. Tous, excepté Krešimir, toujours en retrait. Il avait l'intention ce soir-là de prendre le dernier bus pour Smiljevo. Mais la serveuse l'apostropha à voix basse par-dessus le comptoir.

– Pardon, je peux te demander quelque chose ?

Elle le prit au dépourvu, car c'était la première fois qu'elle s'adressait à lui directement. Mais la suite l'étonna davantage.

– Est-ce que tu pourrais être mon petit ami ? demanda Lovorka.

Krešo souriait, le feu aux joues.

– Enfin, tu sais, juste faire semblant d'être mon petit ami.

Krešimir Aspic ne put qu'ouvrir la bouche de stupéfaction. La serveuse se pencha par-dessus le comptoir, s'approcha et lui dit tout doucement :

– Le policier qui vient de rentrer dans le café... Ne te retourne pas. Il vient tous les jours me casser les pieds. Il se prend pour un baron, mais il est con comme la lune. Il me tape sur le système. C'est pour ça que je pensais que tu pourrais faire semblant d'être mon petit ami. Qu'il voie qu'on est ensemble, et qu'il arrête de me draguer. Ça irait pour toi ?

– Oui... Bien sûr... Pas de problème..., ânonna Krešimir.

– D'accord, dit Lovorka. Alors je vais t'embrasser.

– Pourquoi ?! s'affola Krešo.

– Tu es mon amoureux, oui ou non ? dit la serveuse tout de go en l'embrassant sur la bouche.

– Oooh ! Qu'est-ce que c'est que ça ? s'enquit joyeusement un soldat de la compagnie, qui travaillait à la rubrique culturelle de *La Dalmatie libre* et que tout le monde appelait Culture.

– Ça vous étonne ? Je n'ai pas le droit d'embrasser mon petit ami ? dit la serveuse, en insistant sur le « petit ami » pour que tout le café l'entende.

– Ah oui ? J'ignorais que c'était ton petit ami, s'étonna Culture.

– Tu ignores bien des choses, mon cher, dit Lovorka, péremptoire.

Krešimir, quant à lui, ne bougeait pas, souriait sottement et bouillonnait à l'intérieur, comme si on lui avait mis le feu après l'avoir arrosé d'essence. Il décida de se saouler pour éteindre l'incendie, mais se rendit compte que ses mains tremblaient, manquant renverser la bière.

– Crénom, et nous qui nous échinions à te draguer ! s'exclama gaillardement le sergent Mile. Et toi, tu choisis ce taiseux.

– J'ai toujours dit que les pires, c'est ceux qui ne disent rien mais n'en pensent pas moins, dit Veljko Klarić, camionneur indépendant.

– Calme, silencieux, discret et sanguinaire, conclut Culture.

Embarrassé, Krešo souriait, fier comme un coq, comme s'il était un authentique séducteur. C'était un sentiment agréable d'avoir une petite amie, même si elle était fictive. Il se retourna l'air de rien vers le policier enquiquinant auquel il devait cette aubaine inespérée. Le garçon maigrichon, vingt-cinq ans environ, à peine plus âgé que lui, avait les tempes dégarnies ; on voyait qu'il serait complètement chauve d'ici quelques années. Assis à une table dans le coin, il mordillait nerveusement sa lèvre inférieure, son pied battant la chamade ; il le fixait rageusement de ses yeux bleus délavés.

– À quoi tu penses, mon amour ? lui lança Lovorka derrière le comptoir en posant sa main froide sur la sienne.

Des années durant, Krešimir Aspic se souviendrait de ce « mon amour » et du contact de sa main, humide d'avoir lavé les verres.

– Les gars, on s'en va ! On s'en va, je ne peux plus écouter ça, lança Mile, faussement indigné. Quand elle l'appelle comme ça, c'est comme si on me plantait un couteau dans la poitrine.

Lovorka sourit à la remarque de Mile, fixant Krešo avec insistance.

– C'était comment, en haut ? demanda-t-elle.

– Où ? Sur le terrain ? Pas mal, dit Krešo. Enfin, à part le pilonnage au mortier. On n'a pas pu sortir durant trois jours du bunker, sinon ça allait...

– Trois jours ?! s'étonna la serveuse.

Krešo hocha gravement la tête.

– Et tout ça à cause de lui, là, dit Mile en pointant Culture du doigt.

– N'exagère pas, ce n'est pas entièrement ma faute..., se défendit Culture.

– C'est ta faute, c'est ta faute, répéta le sergent. C'est à cause de toi et de tes fichus échecs.

Lovorka ne comprenant pas le lien entre les échecs et le pilonnage au mortier, les soldats lui expliquèrent. Leurs positions se situaient sur une colline au-dessus de Kljake, dans la région de Drniš, celles des Serbes deux collines plus loin. À la télévision, la guerre apparaît comme un phénomène dynamique, mais en réalité, le plus souvent, les soldats ne font que jouer aux cartes, lire des romans de cow-boys, réchauffer du ragoût et péter. En neuf mois de combats, leur unité n'avait tiré aucune balle ni roquette sur les positions serbes. De leur côté, les Serbes étaient tout aussi pacifiques. Sans radio, ils n'auraient pas eu connaissance les uns des autres. Par ennui, ils n'arrêtaient pas de s'envoyer des vannes par ondes interposées : ils proféraient des insultes à caractère ethnique, menaient d'ardentes discussions politiques, racontaient des blagues cochonnes. Jusqu'au soir où le commandant serbe, un certain lieutenant Ljubiša, demanda :

– Allô, les oustachis, est-ce que l'un d'entre vous sait jouer aux échecs ? Je n'ai que des andouilles ici, qui ne savent pas faire la différence entre une tour et une reine.

Culture lui dit qu'il aimerait bien faire une partie. N'ayant pas de jeu d'échecs dans le bunker, il dut jouer de tête. Assis dans un coin de la redoute, un talkie-walkie à la main, il fixait avec attention un point devant lui et, de temps en temps, annonçait au lieutenant Ljubiša :

– Cheval en D4… Pion de C2 en C3… Tour en G7…

Le lieutenant Ljubiša répondait de l'autre côté :

– Fou de F2 en B6… Tour en A4… Pion en E5…

Ils avaient commencé à jouer après le dîner. Jusqu'au matin, au cœur d'une nuit d'hiver limpide, leur affrontement résonna sur les ondes radio au-dessus des collines de Drniš. Au moment où les premiers rayons du soleil se faufilaient à travers les meurtrières de leur casemate, où les soldats s'étiraient dans leurs sacs de couchage, les cheveux en bataille, tout blême après sa nuit blanche, Culture poussa un cri de victoire :

– Reine en D7 ! Échec et mat !

– Putain de ta mère ! jura amèrement, de l'autre côté de la ligne, le lieutenant Ljubiša.

Cinq minutes plus tard, les forces serbes se lançaient dans un féroce pilonnage au mortier, qui dura soixante-douze heures.

– Ils sont comme ça, les Serbes, soupira le sergent Mile. Ils ne savent pas perdre.

– Je vous assure, les gars, ce n'était pas ma faute, plaida Culture.

– Mais si, c'était ta faute. Ne me raconte pas d'histoires, je connais les Serbes, conclut le sergent Mile. Laisse-moi te dire une chose : s'ils t'appellent encore une fois…

– Non, Culture, ne recommence pas, par pitié…, supplia Klarić.

– Non, non, dit le sergent en levant l'index. Si un tchetnik t'appelle de nouveau pour te proposer de jouer aux échecs, toi, Culture, tu vas jouer contre lui, et lui foutre la pâtée. Souviens-toi de ce que je te dis : tu le niques, lui et sa mère ! Le peuple croate, les veuves et les orphelins, les réfugiés et les déplacés comptent sur toi !

– On y va, les gars ? Ma femme m'attend, dit Klarić.

– Voilà, voilà, je finis mon verre, répondit Mile.

– Il faut ramener quelqu'un ? demanda Culture. Aspic, comme d'habitude ?

– Il va rester un peu avec moi, dit Lovorka avant que Krešimir puisse dire quoi que ce soit.

Il n'avait pas pensé rester, mais ne protesta pas.

– C'est bien ce que je pensais, dit le sergent. Écoute, dit-il à Krešo, fais bien attention à cette fille, je t'en tiens personnellement responsable. Et toi, se tourna-t-il vers Lovorka, si jamais il…

– Allez, allez, l'interrompit Klarić. Ça suffit pour ce soir.

Les soldats s'en allèrent. Krešo était appuyé au comptoir, fixant amoureusement la serveuse qui lui donnait des nouvelles de sa vie et de celle de ses proches, de sa cousine mariée à un toxicomane, de sa tante déprimée depuis la mort de son chien, six mois auparavant, de ses voisins qui avaient fait exploser une bonbonne de gaz juste au moment où ils terminaient de repeindre leur appartement, de son amie inquiète par le retard de ses règles, de sa marraine de baptême à qui une voyante avait prédit qu'elle aurait des problèmes de thyroïde et du propriétaire de son appartement qu'elle avait surpris en train de fouiller dans ses culottes. Lovorka jacassait sans répit, parlait sans cesse, Krešo hochait la tête sagement et avec intérêt, bien que n'ayant aucune idée des personnes dont il était question. Il était comme ensorcelé, fixant la mèche qui barrait le visage de Lovorka.

La soirée avançait, il y avait de moins en moins de monde dans le café. Lovorka put s'asseoir à côté de lui et allumer une cigarette. Soufflant la fumée, elle lui dit qu'elle aimerait teindre ses mèches en blond, qu'elle avait peur du dentiste, qu'elle aimait porter des bottes par-dessus son legging, qu'elle savait taper à la machine de ses dix doigts car elle avait suivi des cours de dactylo à l'école, qu'elle était vite saoule, que deux verres de vin suffisaient à lui faire tourner la tête. Krešo prit son courage à deux mains et lui déplaça la mèche rebelle sur le front. Elle se pencha et l'embrassa tendrement. Elle toucha ses lèvres du bout de la langue – et il eut l'impression d'avoir vidé d'un trait ces deux verres de vin. Il était tellement chamboulé par ce baiser qu'il faillit tomber de sa chaise.

– Goran, tu prends encore quelque chose ? Je ferme dans vingt minutes, dit Lovorka au policier, son dernier client.

Krešimir avait presque oublié ce type bizarre qui était resté des heures assis à sa table, silencieux, à frapper le sol du pied.

– Rien, merci, dit Goran d'une voix rauque.

Il partit peu après. Krešimir attendit la serveuse qui devait terminer de récurer le sol des toilettes et laver les derniers verres. Ils sortirent ensemble, sous une pluie battante.

– Il est parti ? demanda Lovorka à voix basse, verrouillant les volets métalliques du café.

Krešimir se retourna et, sous la lumière blanche du réverbère, il vit, à travers le rideau de pluie, le policier sous le porche d'un immeuble voisin.

– Il est là-bas, en face.

– Quel malade ! dit Lovorka, furieuse. Je lui ai pourtant dit mille fois de me laisser tranquille.

Elle tendit un parapluie à Krešimir. Il lui fallut un court instant pour comprendre ce qu'elle attendait de lui, avant que ne s'impose à son esprit l'image de couples marchant, enlacés, sous la pluie. Il ouvrit le parapluie, elle se blottit contre lui, il la prit prudemment par la taille.

– Tu peux me raccompagner ? demanda Lovorka. J'habite tout près.

– Bien sûr.

La serveuse se serra contre lui, il l'enlaça avec plus de résolution. Un déluge s'était abattu sur la ville, la pluie les éclaboussait de partout, portée par le vent ; bientôt, malgré le parapluie, ils furent complètement trempés. Ils pataugeaient à travers les torrents qui se déversaient dans les rues et disparaissaient en gargouillant dans les égouts. Par chance, elle habitait effectivement près de là : trois rues plus loin, ils s'arrêtèrent devant son immeuble. Krešimir fut chagriné lorsqu'elle se détacha de lui. Il aurait pu marcher avec elle jusqu'au matin, même sous une tempête de neige, son corps chaud et palpitant près de lui, à respirer le parfum fleuri de son déodorant.

– Voilà, dit-elle sous l'auvent. Merci beaucoup, tu m'as sauvé la vie.

– Je t'en prie, ce n'est rien.

– Tu veux garder le parapluie ?

– Non, inutile.

– Allez, prends le parapluie, tu as vu le temps qu'il fait. Mais au fait, tu habites où ?

– À la Combe aux Aspics.

– C'est où, ça, bon Dieu ?

– Depuis Smiljevo, tu grimpes.

– Depuis Smiljevo, tu grimpes ? répéta Lovorka, bouche bée.

– Environ sept kilomètres, expliqua Krešimir simplement. La route n'est pas très bonne.

– Tu n'es pas de Split ?

Krešimir fit non de la tête.

– Qu'est-ce que tu vas faire ? Depuis Smiljevo, tu grimpes, environ sept kilomètres ?

– Je vais aller à la gare, boire un verre, le premier bus est à cinq heures trente.

– La vache ! s'exclama la fille, qui réfléchit un instant. Allez, entre, tu vas dormir chez moi.

– Mais non, vraiment…

– Arrête de déconner, tu ne vas pas attendre toute la nuit à la gare par ce temps. Viens au moins te sécher et boire un thé.

Elle déverrouilla la porte de l'immeuble et le laissa passer. L'ascenseur était recouvert de graffitis et de vieux chewing-gums, et dégageait une odeur aigre.

– Il faut être discret, il ne faut pas réveiller les propriétaires, l'avertit la jeune fille en souriant.

Qui sait ce qu'elle avait en tête pour sourire de la sorte. Épouvanté, Krešimir écoutait le mécanisme de l'ascenseur. Il n'avait pas du tout envie de rire.

Elle le prit par la main et l'emmena à travers un couloir sombre. Elle referma la porte de sa chambre et alluma la lampe sur la table de chevet. Un doigt sur la bouche, elle lui fit signe de se taire. La chambre était petite, avec un vieux canapé recouvert d'une couverture à carreaux, une table de nuit, une armoire, un vieux tapis et la photo d'un homme collée au mur. Une bouffée de jalousie envahit Krešimir.

– C'est ton amoureux ?

– Qui ?

– Le type sur le mur.

– C'est Mel Gibson, espèce d'andouille.

Krešimir hocha la tête, bien que peu rassuré par la réponse de Lovorka. Celle-ci alluma le radiateur électrique et suspendit à la poignée de la fenêtre un cintre sur lequel se trouvait sa veste détrempée, puis elle ôta ses bottines et les mit à sécher par terre.

– Enlève ta veste, tu vas prendre froid, dit-elle.

Elle sortit deux serviettes de l'armoire, lui en donna une pour qu'il s'essuie les cheveux, puis sortit de la chambre. Peu après se firent entendre de l'eau qui coule, puis des pas, la chasse d'eau, de nouveau de l'eau qui coule, de nouveau des pas, un verre qu'on déplace. Elle revint dans la chambre un instant plus tard, deux tasses de thé à la main.

– Assieds-toi, ne reste pas debout.

Il s'assit sur le bord du canapé, à côté d'elle. Ils sirotaient la boisson brûlante en silence. Lovorka l'observait avec curiosité ; lui, de son côté, pour une raison qu'il ne comprenait pas, ne pouvait lui rendre son regard.

– Tu as les pieds mouillés ?

– Non, répondit-il en fixant ses bottes militaires.

– Ça ne fait rien, enlève tes chaussures. On va s'allonger ici, l'un à côté de l'autre. Je dois dormir, et toi, tu ne peux pas veiller toute la nuit comme un hibou.

– Ne t'en fais pas pour moi, je peux...

– Ne dis pas de conneries, le coupa-t-elle.

Ils restèrent encore un moment à boire, sans dire un mot.

– Bougre d'âne ! s'écria-t-elle soudainement. Pourquoi tu ne m'as pas dit que tu n'étais pas de Split ?

Krešimir haussa les épaules, ne sachant pas comment expliquer la raison pour laquelle il avait dissimulé une information d'une telle importance.

– Tu ne sais que te taire. Tu dois être Poissons dans l'horoscope, conclut-elle. Allez, finis ta tasse, on va dormir.

Elle se leva et enfila un pyjama de coton bleu, cachée par la porte de l'armoire. Krešimir détournait timidement le regard.

– Déshabille-toi, toi aussi, lui dit-elle. Tu ne vas pas te coucher tout habillé sur mon lit.

Il se déshabilla timidement, ne gardant que son tricot blanc et son caleçon militaire vert olive. Lovorka se coucha et régla son réveille-matin.

– Pas touche ! l'avertit-elle sévèrement lorsqu'il s'allongea à ses côtés.

Puis elle éteignit la lumière et lui tourna le dos.

– Bonne nuit.

– Bonne nuit, répondit Krešo.

Ils restèrent immobiles un moment, écoutant la pluie frapper contre la fenêtre. Il se souvint qu'il n'avait pas fait pipi, mais n'osa pas se rendre aux toilettes.

– Tu sais, dit Lovorka tout à coup, le policier, ce soir… Il n'est pas si terrible que je ne puisse pas le remettre à sa place. J'aurais pu le faire sans toi, mais voilà… Je trouvais marrant que tu sois mon amoureux… Je ne sais pas comment ça m'est venu… Je ne sais pas, tu n'es pas vilain… Mais tu ne fais que te taire… Chaque fois que tu viens au café, tu restes assis et tu te tais… Je te jure, ça m'énerve… Dis quelque chose, bon sang !

– Qu'est-ce que tu veux que je te dise ?

– Je ne sais pas, répondit Lovorka, découragée.

Ils continuèrent à écouter la pluie en silence.

– Krešo ?

– Oui ?

– Tu aimerais qu'on s'embrasse ?

– Oui.

– Moi aussi.

Elle se tourna, chercha son visage dans le noir, le prit à deux mains et l'embrassa fougueusement de ses lèvres brûlantes, lui tendant sa langue humide et frétillante. Krešimir la prit par les cheveux, elle lui mordit la lèvre. Il lui léchouilla la nuque, elle soupira doucement et glissa son genou entre ses jambes. Quand il lui palpa les fesses, elle se mit à se tordre lascivement.

– Oh, espèce d'animal ! Espèce de brute, tu viens ici le premier soir, et tu penses pouvoir obtenir ce que tu veux ? C'est à ça que tu pensais ? Hein ? Avoue !

– Non… je te jure que non !

– Ne me raconte pas d'histoires, je vous connais, vous, les mecs.

Krešimir eut de la peine à se souvenir des détails de cette folle soirée, de ce qui s'était passé juste avant, de ce qui s'était passé après, ses sensations se mélangeaient dans son souvenir, le goût de la transpiration et de la salive, le parfum doucereux de l'étreinte, les seins lourds et chauds sur son visage, les cheveux qui le fouettaient, le tremblement des cuisses, les soupirs, les grognements et les cris.

– Oh, pauvre de moi ! Oh, pauvre de moi ! murmura-t-elle par deux fois dans le noir, d'une voix où le désespoir se mêlait au frisson.

La première chose dont Krešimir se souviendrait fut cet instant magique. Il n'avait jamais vécu une chose pareille, et ne comprenait pas ce qui se passait. Il voyait seulement qu'elle était sans défense, sous l'emprise d'une force inconnue, puissante, terrible en même temps qu'envoûtante, qui l'effrayait, mais à laquelle elle désirait s'abandonner. Il souhaita tout à coup lui venir en aide.

– Tu n'es pas pauvre, tu n'es pas pauvre, tu es avec moi..., répétait-il pour la calmer, inconscient de ce qu'il disait. Les mots lui venaient d'eux-mêmes, il les proférait malgré lui. Et c'étaient, semblait-il, des mots bienveillants.

La seconde chose dont il se souviendrait, ce furent les étreintes exaltées au point du jour, avant qu'elle le raccompagne.

– Dis-moi que tu m'aimes, commanda-t-elle simplement.

– Je t'aime.

– Tu mens.

– Je t'aime.

– Tu mens, espèce d'ordure, rugit-elle en lui griffant le visage.

– Je t'aime, Lovorka, répéta-t-il, implorant.

– Mon amour, dit-elle tendrement.

Ils se séparèrent à regret. Il rata le premier bus.

Il lui avait promis de venir la voir le mercredi suivant, avant la relève sur le terrain. Mais à peine quelques jours plus tard, on envoya sa brigade en Bosnie, près de Livno, où elle demeura quatre mois. Dans les montagnes enneigées, le désespoir le rongeait lorsqu'il pensait à la serveuse de la Girafe. Au fur et à mesure que les jours passaient, elle lui semblait de plus en plus lointaine. Puis, de retour à la maison, un peu par culpabilité, un peu par honte, mais surtout par bêtise, il n'alla pas la voir.

Plus le temps passait, plus il hésitait.

CHAPITRE TROIS

Où l'on prétend que le capitalisme est un système dynamique où rien n'est plus à sa place; l'une croit voir un homme sur un arbre, et des policiers chantent du Mišo Kovač[1].

– Voilà, tu vois, ça, c'est Split, lui dit oncle Ive le matin suivant, alors qu'ils se retournaient sur les jeunes filles qui déambulaient en minijupes sur des jambes qui n'en finissaient pas, les seins se trémoussant dans leurs blouses ouvertes. Chaque printemps tu veux divorcer, et chaque automne tu te dis que tu as eu raison de ne pas l'avoir fait... Mais, bon, c'est toi qu'il faut marier, avec l'autre... Comment tu dis qu'elle s'appelle ?

– Lovorka.

– Lovorka, c'est juste. Celle-là et pas une autre ?

– Exact.

– Hmm ! Ça réduit le champ des possibles, dit l'oncle doctement. L'idéal romantique, qui prétend qu'il n'y en a qu'une au monde et que tu seras anéanti si tu ne la trouves pas, n'est pas des plus économiques. Fiston, ce n'est pas comme chez Mišo Kovač. À ta place, je renoncerais et je prendrais ce qui se présente. Mais si tu insistes, voilà, on est dans la rue Tchekhov.

Ils s'arrêtèrent au début de la rue, bordée d'immeubles aux façades rongées, à l'ombre d'une allée de chênes verts.

1. Mišo Kovač : chanteur de schlager croate, né en 1941 (*NdT*).

– Il me semble que le café se trouvait un peu plus haut…, dit Krešimir en essayant de s'orienter. Oui, c'est ça, je me souviens qu'il y avait une banque, ici. Le café est à une cinquantaine de mètres plus haut.

Il se mit à courir, exalté. Oncle Ive, qui n'était plus très jeune, le suivit tranquillement.

– Je me souviens de tout, je sais où nous sommes ! cria Krešimir avant de s'arrêter, déconcerté. Je ne comprends pas, dit-il, confus, en montrant la vitrine remplie de rouges à lèvres, de fards à paupières et de parfums, sur laquelle s'étalait le nom de la boutique en lettres rouges : Narcisse. C'était ici !

– Tu es sûr de toi ? Tu veux qu'on regarde autour ?

– Non, ce n'est pas nécessaire. Je suis sûr à cent pour cent, je reconnais l'immeuble, le café se trouvait là.

– Anton Pavlovitch Tchekhov 23, lut oncle Ive sur la plaque à côté de la porte. Bah, ajouta-t-il en tournant la poignée, comme dit le peuple : tu peux lire une carte, mais demande plutôt au paysan.

À l'intérieur, ils manquèrent s'évanouir à cause des lourds effluves répandus dans l'air : parfum de forêt et d'agrumes, de fleurs, de liqueur et de chocolat, de tabac, de mousse, de cannelle et de musc. Un mélange improbable dans les vapeurs duquel se devinaient deux jeunes femmes embaumées, maquillées à outrance, une rousse et une blonde.

– Excusez-moi, une petite question, dit l'oncle. On cherche une fille qui travaillait ici, dans le café.

– Ce n'est pas un café, monsieur, répondit la blonde.

– Dieu merci, fillette, je ne suis pas bigleux. Je parle du café qu'il y avait ici auparavant.

– Là, de ce côté, il y avait le comptoir, et ici le flipper, dit Krešimir à son oncle. C'est bien ici, il n'y a pas d'erreur. Ça vient de me revenir.

– Pour ma part, je n'ai jamais entendu parler d'un café, dit la blonde en se tournant vers la rousse. Lile, tu savais qu'il y avait eu un café ici ?

Hochant la tête, Lile signifia qu'elle ne savait pas qu'il y avait bien eu un café à cet endroit.

– Depuis quand êtes-vous là ? demanda oncle Ive.

– Nous deux ? Depuis ce matin.

– Ce n'est pas ce que je demande. Depuis quand cette parfumerie est-elle ouverte ?

– Ah, ça ? Un an et demi, à peu près, dit la rousse.

– Qu'est-ce qu'il y avait là avant l'ouverture ? se demanda la blondinette.

– Ce n'était pas une vidéothèque ? lança la rousse.

– C'est ça, acquiesça la blonde, une vidéothèque. La vidéothèque Sirius.

– C'est bon, on va poser la question à la vidéothèque Sirius, dit Ive à son neveu.

– Ils se situent maintenant sur la promenade Mažuranić, précisa Lile.

– Merci bien, les filles, remercia oncle Ive poliment.

Puis, à la porte, il remarqua une publicité.

– Boss ? C'est un parfum pour les chefs ?

Il se retourna vers les vendeuses.

– Vous n'auriez pas un parfum pour les simples employés ? Pour les maçons ou les menuisiers, par exemple ?

Elles ne surent pas quoi lui répondre.

– C'est bien ce que je pensais, conclut l'oncle.

+

Chez Sirius, sur la promenade Mažuranić, il y avait un jeune homme qui ne travaillait là que depuis deux semaines, qui ne savait rien du passé de la vidéothèque, ni qu'à l'époque elle était sise rue Tchekhov 23, et encore moins que s'y trouvait un café avant ça. Ils durent attendre le retour du propriétaire qui ne tarderait pas. Krešo et son oncle tournèrent finalement quarante-cinq minutes dans la boutique à admirer les boîtiers de films vidéo.

– Vous avez le film avec l'autre acteur, le grand ? demanda oncle Ive.

– Comment s'appelle-t-il ?

– Je ne sais pas comment il s'appelle, mais vous, vous le saurez. Le grand type, bon Dieu ! Coiffé sur le côté, il porte toujours une veste en cuir. Il ressemble à Frfa Mužinić[1] quand il était jeune.

– Je ne saurais pas vous aider, avoua le jeune homme, impuissant.

– Ça ne fait rien, dit oncle Ive.

Puis il ajouta à voix basse à l'intention de son neveu :

– De nos jours, n'importe quel abruti peut travailler dans une vidéothèque.

Finalement, le patron se présenta. Son employé lui montra les deux hommes qui l'attendaient.

– Il n'y a jamais eu de café là-bas, répondit le propriétaire quand ils lui expliquèrent la raison de leur venue.

– Comment ça ! Je me souviens qu'il y avait un café, mentit oncle Ive.

– Le café-bar de la Girafe, ajouta Krešimir.

– Je suis désolé, je ne sais rien. Avant qu'on s'installe, il y avait un service de photocopies. Ils ont fait faillite quand le patron, un certain Matas, a fini en prison.

– En prison ? Allez ! s'étonna l'oncle. Qu'est-ce qu'il a fait ?

– Il falsifiait des euros.

– Respect !

– Allez le voir à la prison de Bilice, il en saura plus que moi.

✢

Le lendemain vers midi, Krešimir et son oncle présentèrent leurs papiers au guichet de la prison de Bilice. Après être passés au détecteur de métal, ils s'assirent sur deux chaises en bois dans la salle des visites. Un instant plus tard,

1. Dražen Mužinić, dit Frfa, footballeur croate né en 1953 (*NdT*).

un gardien amena le condamné Jerko Matas, qui s'assit en face d'eux en croisant les bras, le regard hostile.

– C'est pour vous, un petit geste d'attention, dit oncle Ive en lui tendant un paquet de biscuits et une cartouche de cigarettes.

Matas renifla comme un ours sans jeter un regard aux cadeaux. Ive n'était pas très à l'aise, mais il ne se laissa pas démonter.

– Nous sommes ici parce que nous avons besoin d'une information, commença-t-il. Nous recherchons une fille, il est possible que vous la connaissiez, elle travaillait...

– Deux cents kunas, l'interrompit Matas brutalement.

– Pardon ?

– Ça vous coûtera deux cents kunas.

– C'est honnête, dit oncle Ive en sortant son portefeuille.

Jerko Matas prit le billet et l'examina suspicieusement à la lumière du plafond.

– L'œil du professionnel, expliqua oncle Ive à son neveu.

– Alors, qu'est-ce qui vous intéresse ? demanda le faussaire en glissant le billet dans la poche de sa blouse pénitentiaire.

– Nous recherchons une serveuse qui travaillait dans le café de la Girafe. Peut-être que vous vous souvenez d'elle, le café se trouvait rue Tchekhov 23, là où vous aviez votre service de photocopies. La fille s'appelle Lovorka, elle est un peu...

– Il n'y avait pas de café à cet endroit, du moins je ne m'en souviens pas, l'interrompit Matas une nouvelle fois. Avant que je m'y installe, il y avait une cordonnerie, propriété de Marinko Ševo. Il est à la retraite, il vit à Omiš, rue des Martyrs de Bleiburg 17, troisième étage, appartement Kovačić. D'autres questions ?

– S'il s'appelle Ševo, pourquoi Kovačić ? demanda l'oncle, curieux.

– L'appartement est au nom de sa femme, expliqua le faussaire.

Il prit les cigarettes et les biscuits et s'en alla.

+

À Omiš, rue des Martyrs de Bleiburg 17, troisième étage, Marinko Ševo leur ouvrit la porte en pyjama ; il les laissa entrer, les invita à s'asseoir sur un sofa, et reprit place dans son fauteuil pour continuer une partie de *Call of Duty* sur sa PlayStation.

– Si jeune et déjà à la retraite, lança oncle Ive juste pour dire quelque chose.

Il est vrai que l'homme ne devait pas avoir plus de trente ans.

– La colonne vertébrale, leur expliqua le cordonnier à la retraite, le regard fixé sur l'écran.

– Une saloperie, la colonne, acquiesça Ive avec compréhension.

– On est là parce qu'on nous a dit que vous pourriez nous aider, commença Krešimir. On recherche une fille qui travaillait dans le café où...

– Ordure ! lança une femme en traversant la chambre pour se rendre à la cuisine.

D'après son âge, ce devait être la femme de Ševo.

– Grosse vache ! répondit Ševo du tac au tac, courant à travers les ruines une mitraillette à la main.

– Le café de la Girafe, il se trouvait à la place de votre cordonnerie, rue Anton Pavlovitch Tchekhov 23..., continua Krešimir.

– Il n'y a jamais eu de café là-bas, l'interrompit Ševo en tirant une rafale sur deux ennemis. Du moins, je n'en ai jamais entendu parler...

– Gros sac ! l'interrompit son épouse qui revenait de la cuisine.

– Vieille cruche ! lui lança-t-il avant de poursuivre : Avant moi, il y avait un certain Jelić...

– Il y a deux Allemands derrière le camion en flammes, l'avertit oncle Ive.

– Ah, merci, dit l'ancien cordonnier.

D'un tir précis, il liquida les deux bandits national-socialistes.

– … un certain Jelić qui tenait un service de réparation de machines à laver.

– Jelić ? Vous ne sauriez pas où il habite ?

– Aucune id… Aaah ! cria-t-il, fauché par un sniper dissimulé sur une tour rouge.

– Tu es mort ? cria la femme méchamment. Tu as crevé, fumier ? Maudis sois-tu, et le jour où je me suis mariée avec toi !

+

– Quel baltringue ! dit Krešimir en sortant de l'immeuble.

– C'est le capitalisme, la société dynamique, expliqua l'oncle. Rien n'est plus à sa place.

Il ne fut pas difficile de retrouver Jelić, le réparateur de machines à laver, dans son nouvel atelier du quartier de Pujanke. Par contre, ils bataillèrent pour dénicher l'Albanais qui avait loué avant lui le local commercial rue Tchekhov 23, et qui, entre-temps, était retourné chez lui. Après avoir parlé au téléphone à une dizaine de ses sœurs, cousins et petits-enfants, ils purent finalement s'entretenir avec Sinan Fehmiu, maître pâtissier de Strumica, en Macédoine, qui leur conseilla d'appeler Tatjana Kragić, coiffeuse de son état. Mais celle-ci non plus n'avait jamais entendu parler du café de la Girafe, et les renvoya au boulanger Šime Loza. Du boulanger, ils allèrent voir l'horloger Jure Kordić, qui leur dit de s'adresser au photographe Mate Livada.

Après deux semaines de recherches, Krešimir avait l'esprit embrouillé par tous ces noms et adresses ; son amour lointain lui semblait perdu et il était prêt à capituler. Son oncle dut insister pour qu'il l'accompagne dans le quartier de Mertojak pour une dernière tentative auprès de Mate Livada, rue d'Odessa numéro 17. Arrivés au septième étage, ils s'apprêtaient à sonner à la porte quand un prêtre sortit de l'appartement.

– Loué soit Jésus-Christ, salua poliment oncle Ive.

– Pour les siècles des siècles. Vous êtes de la famille ? demanda le prêtre, et sans attendre la réponse il ajouta : Le pauvre. J'ai bien peur qu'il n'en ait plus pour longtemps.

– Que voulez-vous, c'est notre sort à tous, répondit l'oncle, philosophe.

Ils s'engagèrent dans l'appartement, longèrent un couloir et entrèrent dans la chambre à coucher où, entouré de ses proches, se mourait Mate Livada, connu de générations de Splitois sous le nom de Photo Mate. Sa femme, ses fils et ses belles-filles regardèrent avec étonnement les nouveaux arrivants. Krešimir et son oncle s'apprêtaient à expliquer la raison de leur venue lorsque le moribond se fit entendre depuis son lit.

– Krešimir, souffla le vieillard de sa voix mourante, pointant un doigt décharné en direction de Krešo, son visage livide s'éclairant soudain. Je t'ai tout de suite reconnu.

– Vous savez qui je suis ? demanda Krešo qui s'agenouilla près du lit.

– Bien sûr que je sais qui tu es. Elle t'a décrit avec une grande précision, dit Mate Livada en posant sa main sur la tête de Krešimir. Ça fait plus de dix ans que j'attends ta venue. J'ai cru que jamais je ne te rencontrerais avant de mourir...

– Faites vite, s'il vous plaît, il ne doit pas se fatiguer, dit l'une des belles-filles de Livada.

– S'il vous plaît, madame, ne les interrompez pas, dit oncle Ive. C'est le destin. Le destin ! s'écria-t-il avec passion.

– Quand le café a fermé, Lovorka est venue et m'a dit : « Oncle Mate – elle m'appelait toujours oncle Mate –, oncle Mate, si un grand jeune homme, noiraud, beau gosse, vient un jour vous poser des questions à mon sujet, dites-lui où il peut me trouver. – Bien sûr, mon âme, pourquoi je ne le lui dirais pas ? » Cent fois, elle est venue dans mon magasin me demander si tu étais passé. Tous les jours. Même plusieurs fois par jour. Elle t'aimait beaucoup, la pauvre...

Bien que peu émotif, oncle Ive ne put retenir ses larmes.

– Où est-elle maintenant ? Où est-elle ? demanda Krešimir fiévreusement.

– Elle est… kof kof ! – une quinte de toux interrompit le moribond.

– Où est-elle ? s'écria Krešo, désespéré.

– Qu'est-ce qui vous prend ? Il est en train de mourir, protesta le fils de Livada.

– Elle travaille maintenant… kof kof… au café du Zèbre, poursuivit le vieux.

– Au café du Zèbre ? Où se trouve le café du Zèbre ?

– Rue Tchekhov… kof kof kof… rue Tchekhov 28, murmura le vieillard et, dans son dernier souffle, il ajouta : Le café du Zèbre est en face de l'ancien café de la Girafe.

Puis sa tête s'enfonça dans le coussin, ses yeux se refermèrent, et il mourut.

– Je vous présente mes plus sincères condoléances, dit oncle Ive gravement, tendant la main à l'aîné des fils de Livada. Il nous manquera à tous, murmura-t-il en serrant la belle-fille dans ses bras.

+

Après la parfumerie Narcisse et la vidéothèque Sirius, la prison, Omiš, Pujanke et Strumica, Tatjana Kragić, Šime Loza, Jure Kordić et Mate Livada, rue d'Odessa 17, Krešimir et son oncle retrouvèrent finalement les chênes verts de la rue Anton Pavlovitch Tchekhov. Ils avaient erré deux semaines pour apprendre qu'il suffisait de traverser la rue.

– Et si elle ne travaille plus ici ? demanda Krešo d'une voix hésitante devant la porte du Zèbre.

– Merde alors, il ne te restera plus qu'à te suicider, dit Ive, fataliste.

Ils entrèrent dans le bar et s'adressèrent au garçon.

– Bonjour. Écoutez, jeune homme, on cherche Lovorka.

– Lovorka ne travaille pas, dit le serveur.

– Elle a démissionné, ou… ? demanda Krešo d'une voix tremblante.

– Elle compte se marier, elle a pris une semaine de congé.

– Se marier?! s'écria oncle Ive, scandalisé. Avec qui?

– Je le savais, dit Krešimir et, de désespoir, il tapa du front la cible du jeu de fléchettes. Elle se marie avec Mel Gibson.

Le serveur regarda Krešimir d'un œil interrogateur, puis se tourna vers l'oncle.

– Elle se marie avec Goran Ciboulette.

– Avec Goran Ciboulette? s'étonna l'oncle.

– Qui est Goran Ciboulette? demanda Krešo.

– Tu ne connais pas Goran Ciboulette? s'étonna le serveur.

– Je n'ai jamais entendu parler de Goran Ciboulette.

– Goran Ciboulette est le chef de la police régionale, expliqua oncle Ive. Le plus jeune chef de police du pays. Une grosse huile.

– Pardon, vous ne seriez pas Krešimir, par hasard? demanda le serveur, fixant Krešo pensivement.

– Oui, pourquoi?

– Pour rien, je vous ai reconnu.

✣

– Krešo, rentrons à la maison, ça n'a aucun sens. Écoute ce que dit ton oncle, ce qui est fait est fait. Vos chemins se sont séparés. Elle a sa vie, son mari…

– Il n'est pas son mari!

– Pas encore, mais il le sera bientôt. Ça ne se fait pas de toquer à sa porte cinq jours avant les noces. Laisse-la tranquille. Je parle aussi pour toi, fiston. Si tu la vois maintenant, ce sera plus difficile. Ne remue pas le couteau dans la plaie, laisse-la guérir.

– Elle ne guérira pas.

– Si, elle guérira.

– Non, mon oncle. Ça fait quinze ans qu'elle ne guérit pas, dit Krešo, les yeux fixés sur la villa au fond du parc qui se devinait derrière les branches de platanes. Je dois la voir. Ce qui doit arriver arrivera.

– Bien, si tu le dois. Veux-tu que je vienne avec toi ?
– Non, rentre chez toi.
– Je t'attendrai dans la voiture.
– Rentre à la maison, dit Krešimir d'un ton résolu.

Il sortit de la voiture et se dirigea vers le parc. Il sentait son corps palpiter de manière désagréable. À peine eut-il abordé le chemin de gravier qu'il fut envahi par une étrange inquiétude, comme s'il se trouvait en terrain découvert et que le guettait un danger inconnu. Il avait une telle angoisse de rencontrer la femme qu'il avait trahie que, après quelques pas, il s'arrêta presque involontairement : ses jambes ne lui obéissaient plus, la peur le paralysait. Il se retourna, impuissant : son oncle attendait dans la voiture.

– Va-t'en ! lui lança-t-il. Rentre à la maison, imbécile.

Oncle Ive hocha la tête avec désapprobation, alluma le moteur. Krešimir continua. Il traversa le parc et s'arrêta devant l'adresse que leur avait donnée le serveur du Zèbre, une rue tranquille du centre-ville, un immeuble de trois étages, décrépit mais élégant, devant lequel poussait un pin de guingois. Sur la pelouse, il remarqua un vélo d'enfant rouge et un ballon, à côté d'un réduit dressé devant une haie de laurier. Tout était silencieux. Il poussa la grille du jardin, s'immobilisa lorsqu'elle grinça. Il fit un pas, s'arrêta, ne sachant que faire, puis, épouvanté, il la vit passer derrière une fenêtre ouverte du premier étage. Pris de panique, il se cacha derrière un arbre, bien qu'elle n'eût pas regardé au-dehors.

Il resta ainsi près d'une minute sans bouger. Et là, en observant le pin que le vent avait fait se courber vers la façade de la maison, une idée lui vint. Avant de se rendre compte combien elle était idiote, il se mit à escalader l'arbre, s'agrippant des doigts et des pieds au tronc cannelé. À un moment donné, un bout d'écorce s'étant rompu sous ses baskets, il enlaça le pin pour ne pas glisser et la sève barbouilla son visage et ses habits. Il s'arrêta sur une branche tendue à un mètre et demi de la fenêtre. C'était celle d'une chambre à coucher: il pouvait voir un lit avec sa commode, un grand miroir au-dessus. Et il la vit, elle.

Elle se mirait en chantonnant, vêtue d'une robe de mariée; il cessa de respirer devant cette apparition enchanteresse. Elle était plus belle que dans son souvenir, elle avait perdu quelques kilos. L'observant depuis son arbre, Krešimir pleurait des larmes amères. Étreignant sa branche, secoué de sanglots, il laissa échapper un gémissement, attirant l'attention de Lovorka qui l'aperçut dans son miroir.

– Krešo ! cria-t-elle, abasourdie.

Paniqué, il lâcha la branche et s'écrasa sur l'allée de béton, cinq mètres plus bas. Par bonheur, rien de grave. Se tenant les reins, il se releva rapidement et courut en boitant vers la remise, le cœur battant la chamade.

– Krešimir ! s'écria-t-elle en se penchant par la fenêtre.

Mais il s'était déjà rencogné près de la haie de laurier, derrière la cabane de bois.

– Krešo ! appela-t-elle de nouveau avant de se reprendre, pensant qu'elle avait rêvé.

Car cela pouvait-il être autre chose qu'une hallucination ? Voir depuis sa chambre à coucher, au premier étage, Krešimir Aspic tapi dans un arbre devant la fenêtre ? Elle n'aurait même pas osé le raconter, on l'aurait prise pour une folle.

Pour dire vrai, ces quinze dernières années, Lovorka avait eu des visions encore plus farfelues. Elle voyait Krešo partout, dans le bus communal, dans la foule au marché, dans la queue devant le guichet de la banque, sur des échafaudages coiffé d'un casque jaune, elle le voyait sourire sur des affiches. Son désir l'avait matérialisé d'innombrables fois dans des voitures qui passaient à côté d'elle. Elle avait été prise d'une jalousie folle en croyant le reconnaître dans un homme qui promenait son bébé sur la plage de Bačvice. Le plus étrange avait été lorsqu'elle l'avait vu à la télévision en maillot jaune, courant sur l'aile gauche, le bras levé pour demander le ballon au milieu de terrain. Les parieurs les plus chevronnés du café du Zèbre n'avaient pu la convaincre qu'aucun footballeur du nom de Krešimir Aspic ne jouait à l'Inter de Zaprešić.

Elle referma la fenêtre et disparut dans l'appartement. Dissimulé dans la haie, Krešo maudissait sa bêtise et sa lâcheté. Après un tel enfantillage, il se sentait gêné de sonner à sa porte ; pourtant, il savait qu'il devait le faire, s'il ne voulait pas s'en mordre les doigts jusqu'à la fin de sa vie. Il s'apprêtait à se lever lorsqu'il entendit un bruissement derrière lui. Un instant plus tard, quelqu'un lui couvrait la bouche et lui assénait un coup violent sur le crâne.

À moitié assommé, il se débattit pour échapper à l'étreinte. Puis la nuit l'enveloppa, comme si on l'avait emmailloté dans une couverture. Sa tête reçut un dernier coup et il s'évanouit.

+

Il se réveilla recroquevillé dans le noir, à l'évidence dans le coffre d'une voiture. Ça puait l'essence et la pomme de terre pourrie. La douleur pulsait dans son crâne, le sang lui coulait du nez. Du dehors lui parvint d'abord un bruit de circulation, qui s'estompa rapidement. Il entendit ensuite des cailloux crisser sous les pneus : ils roulaient sur une route de campagne. La voiture s'arrêta peu après, quelqu'un en sortit et referma la portière bruyamment, suivi d'une autre personne, du côté opposé. Un second véhicule se gara à proximité.

Le coffre s'ouvrit, un inconnu se pencha et Krešimir se mit à lancer des coups de pied à l'aveuglette, les bras entravés par le sac qui lui recouvrait la tête et les épaules.

– Petit salopard ! entendit-il jurer, avant de recevoir deux coups sur le bras.

Il se mit à crier et à se tordre de douleur, lorsque les truands l'empoignèrent pour l'extirper du coffre. On lui enleva le sac de la tête : il se trouvait sur une plage sauvage avec trois autres hommes. Les deux premiers, en uniforme de policier, le tenaient par les bras, le troisième, en civil, lui souriait méchamment.

– Krešimir Aspic, lui dit-il avant de le gifler de toutes ses forces. Je savais que tu te montrerais.

Krešo le dévisagea : le type avait changé, pris du ventre, il était devenu complètement chauve et avait vieilli, mais ses yeux bleu délavé étaient restés les mêmes. C'est grâce à eux qu'il reconnut l'agent casse-pieds, le maniaque qui, quinze ans plus tôt, un soir de pluie, tapait nerveusement du pied. C'était donc là Goran Ciboulette, présentement chef de la police régionale. Lorsque le serveur du Zèbre lui avait dit son nom, il ne lui était pas venu à l'idée qu'il s'agissait du même merdeux.

– Je savais que tu allais venir et je t'attendais, continua Ciboulette avec dédain. C'est pourquoi j'ai posté deux hommes devant son appartement pour t'accueillir comme il se doit. Un autre à ma place aurait peut-être baissé les bras, mais moi je savais, je sentais que tu allais te montrer.

D'un coup, Krešimir parvint à se libérer : du coude gauche, il frappa le visage de l'un des deux hommes qui le maintenaient, et flanqua un direct dans le nez du chef de la police. Ciboulette chancela, recula de quelques pas, le sang gicla de ses narines. Mais les policiers reprirent leurs esprits. L'agent à sa droite lui asséna un coup de matraque dans les jambes, le faisant tomber à genoux. Ciboulette s'approcha, le tira par les cheveux et lui maintint la tête en arrière.

– Tu n'abandonnes jamais, hein ? Je respecte ça. Je suis heureux de constater une telle force de volonté. Mais tu sais quoi ? Elle ne sert à rien !...

– Abruti ! dit Krešo, impuissant, juste pour dire quelque chose.

Ciboulette sourit et continua.

– N'insiste pas, morveux ! Elle est à moi, maintenant. On se marie samedi prochain, tout est terminé...

– Ce n'est pas terminé. Ça ne sera jamais terminé...

Le sourire aux lèvres, Ciboulette lui envoya un coup de pied sournois dans le ventre. Krešimir se tordit de douleur.

– Ça l'est. Samedi prochain, quand elle me dira « oui », ce sera, comme dans « Qui veut gagner des millions? », son dernier mot. Pas de retour en arrière! Tu connais mal Lovorka: à l'église, devant le bon Dieu, l'affaire sera pliée. Elle sera à moi, comme il se doit. Ça fait quinze ans que je patiente, espèce d'ordure. Ça fait quinze ans qu'elle ne parle que de toi, qu'elle n'attend que toi, alors que je la suppliais et l'implorais, l'amadouais, lui mentais, lui prêtais serment, lui faisais des cadeaux... Et finalement, j'en suis venu à bout il y a un an et demi. Maintenant, elle va se marier avec moi, et toi, mon petit Krešimir, tu peux rentrer chez toi en chantant.

Le chef de la police se mit à fredonner, fixant Krešimir d'un air moqueur, d'abord doucement, puis de plus en plus distinctement, haussant la voix:

Douce comme un voile, comme une fleur aimée,
Elle était mon étoile et ma rose ambrée.
Mais bientôt disparut cette heure de volupté
Qui, j'en suis convaincu, ne reviendra jamais

Ciboulette se tourna vers ses subalternes: « On y va, les gars! », et les trois se mirent à chanter à l'unisson:

Un autre l'embrasse et moi je la chéris
Impossible hélas de décrire mon agonie
Un autre l'a cueillie comme une jolie fleur
Elle méprise ma vie, mes larmes et ma douleur

Ils chantaient si bien que, emporté par la passion, Krešimir ferma les yeux et leva les bras. Mais la fin du refrain mit un terme à cet élan sentimental, car les coups se mirent à pleuvoir de tous les côtés. Ils le rossèrent à l'aide de leurs pieds et de leurs mains, sur la tête, le ventre, les cuisses, si bien qu'il s'évanouit une seconde fois.

CHAPITRE QUATRE

Où l'on décrit les affligeantes relations entre l'opinion publique et les anciens combattants, puis les aiguilles de la montre se superposent et l'on découvre un nonce apostolique portant barbichette.

Les mouettes piaillaient, la mer éclaboussait les rochers. Le soleil brûlait les entailles de son visage. À un moment donné, une sirène de bateau mugit au lointain, et il lui sembla entendre des voix. Il eut l'impression d'être allongé sur cette plage depuis des jours, en sang, les vêtements en lambeaux, puis il sentit un souffle chaud. Il ouvrit les yeux et vit, tout près, la gueule humide d'un chien et, au-dessus, le visage d'un homme. Il était sûr de le connaître.

– Aspic ! dit l'homme sévèrement. C'est quoi ces manières ?

– Sergent, murmura Krešimir, à bout de forces, avant de fermer les yeux.

Entre deux pertes de connaissance, Krešimir se souvint ensuite que le sergent Mile l'avait relevé avec peine, mais qu'il s'était aussitôt écroulé. Qu'il avait rouvert les yeux et constaté que le sergent le portait sur son dos le long d'un talus.

– Un peu de patience, on arrive à l'hôpital ! lui cria le sergent depuis le siège avant.

– Non, je ne veux pas y aller !

Dieu sait ce qu'il lui avait encore raconté, et Dieu sait comment il s'était souvenu de la rue et du numéro de l'immeuble.

Un peu plus tard, il entendit sa tante crier lorsque le sergent le fit entrer dans l'appartement. Ils le couchèrent, le tournèrent dans tous les sens pour le déshabiller. Lui, il voulait dormir et qu'on le laisse en paix. Il hurla lorsque sa tante se mit à laver ses plaies à l'eau-de-vie. La nuit suivante fut agitée : il rêva de Goran Ciboulette chantant du Mišo Kovač, et de Lovorka, debout sur un rocher près de la mer, le voile de sa robe de mariée flottant au vent, qui le saluait du bras en souriant.

Lorsqu'il se réveilla, le soleil était déjà haut dans le ciel ; son oncle était assis sur une chaise au pied du lit et hochait la tête avec inquiétude.

– Quel couillon ! Je lui ai dit que j'allais l'attendre dans la voiture, mais lui, le petit malin, il n'a rien voulu entendre.

Puis oncle Ive lança à haute voix :

– Ça y est, il est revenu à lui !

À la porte apparurent tante Rosa, le sergent Mile et Culture.

– Salut, Krešo, dit Culture.

– Eh, Culture, répondit Krešimir faiblement.

– Klarić a dit qu'il arriverait vers midi et demi. Quand j'ai vu ce merdier, j'ai tout de suite appelé quelques gars de la troupe, expliqua Mile, la mine sérieuse.

Krešo fit mine de se lever, mais sa tante l'interrompit :

– Qu'est-ce que tu fais ? Ne bouge pas du lit, imbécile. Tu vois bien que tu ne tiens pas sur tes deux jambes.

– Laisse, ma tante. Je n'ai pas le temps de rester couché, geignit Krešo en touchant de sa main un hématome noirâtre sous ses côtes. Attendez-moi à la cuisine le temps que je m'habille.

Avant d'enfiler son maillot et son jean, il s'arrêta devant le miroir pour évaluer son état. Il avait une grosse ecchymose sur la cuisse droite, une autre sur les hanches, une troisième sur l'avant-bras gauche, une dernière sous l'œil, et respirer lui faisait mal, comme s'il avait une côte fêlée. Il avait aussi la lèvre fendue, des coupures sur l'arcade et l'oreille, une dent en moins et deux autres qui branlaient passablement. À part ça, il allait bien.

Il se rendit à la cuisine et s'assit à table. Tante Rosa avait coupé des tranches de gâteau et préparé du café.

– Auriez-vous un peu de lait, madame ? demanda Culture poliment.

Sur ces entrefaites Klarić arriva, et Krešimir leur rapporta tout ce qui lui était arrivé, passant sous silence son ascension du pin. Tous hochaient la tête de stupeur, tapaient sur la table, et priaient tante Rosa de pardonner leur grossièreté. Quand il termina son récit, tout le monde se tut. Seule tante Rosa lança :

– Qu'il aille se faire foutre, je lui arracherai les yeux quand je lui mettrai la main dessus !

– Quelle ordure ! dit le sergent Mile en se tournant vers oncle Ive. Vous voyez, monsieur, ce qu'on fait aux anciens combattants. Et que dit l'opinion publique ? Rien. L'opinion publique se tait.

– Merde, Mile, quel est le rapport entre les anciens combattants et l'opinion publique ? s'insurgea Culture.

– Tu ne vois pas le rapport ? s'emporta Mile. Tout est clair. La fille attendait que son chevalier croate revienne du champ de bataille, lui qui risquait sa tête et avait accepté de déposer sa vie sur l'autel de la patrie, et l'autre ordure le couillonne et prend la place qui lui revient.

– Bien dit ! lança tante Rosa avec fougue.

– Ce jeune homme est parti défendre son pays le cœur pur, tout ça pour être berné à la fin ! rugit Mile d'une voix terrible.

Acquiesçant timidement, Krešimir reconnut que c'était la triste vérité.

– D'un autre côté, releva oncle Ive à voix basse, elle n'a pas vraiment attendu son retour du champ de bataille. Elle a attendu un peu plus longtemps.

– Quinze années ont passé, ajouta Culture judicieusement.

– Cinquante années auraient pu passer que ça ne changerait rien. On parle du droit des anciens combattants – le sergent frappait la table pour marteler ses paroles. On ne peut pas permettre au premier venu de pisser sur nos droits. En mémoire de la guerre d'indépendance, de tous les morts et disparus, réfugiés et exilés, je suis d'avis qu'il faut mettre un terme à cette injustice. Nous ne nous sommes pas battus pour un tel pays. Non, non, cher monsieur.

– C'est peut-être vrai, mais que faire ? dit oncle Ive, résigné. Elle se marie samedi prochain, et lui ne peut même pas l'approcher. La police la surveille...

– Monsieur Ive, l'interrompit Mile, sûr de lui, un sourire aux lèvres. Nous avons vécu des situations bien plus désespérées pendant la guerre. Avons-nous jamais reculé face à l'occupant serbo-communiste, supérieur en nombre, et ses sbires barbus ?

– Jamais ! lança tante Rosa solennellement.

✣

La mission de reconnaissance engagée par leur petit groupe tactique les deux jours suivants montra cependant que la mémoire de la guerre d'indépendance, celle des morts, disparus, réfugiés et exilés n'allait pas être facile à défendre. Klarić avait garé son camion près de la plage de Bačvice et, par un trou pratiqué dans la bâche, il avait surveillé la maison à l'aide de jumelles, revenant avec un compte rendu des plus décourageants : deux voitures de police banalisées se relayaient toutes les huit heures dans la rue ; Lovorka était sous surveillance constante, même lorsqu'elle sortait de chez elle.

Culture, de son côté, avait appris grâce à ses relations dans la presse qu'aux noces du samedi, dans la cathédrale Saint-Domnius, outre la famille et les amis des jeunes mariés, le maire, les chefs de district et le ministre de l'Intérieur, seraient présents cinquante membres de la police et des forces spéciales. Les invitations avaient été imprimées en secret, et chacune était numérotée et paraphée par le chef de la police. L'église avait été soigneusement inspectée et des hommes en uniforme patrouillaient aux alentours ; on pouvait raisonnablement s'attendre à ce que, parmi les touristes qui visitaient ce monument culturel et religieux une caméra au poing, il y eût deux ou trois agents en civil.

Après avoir pris connaissance de ces rapports, le sergent Mile poussa un soupir :

– Ce ne sera pas simple d'agir avec seulement quatre hommes.

– Quatre hommes ? Et moi, alors ? protesta oncle Ive.

– Cher monsieur, je ne voudrais pas vous offenser, mais vous n'êtes plus en âge, ce n'est pas…

– Mon garçon, je ne veux plus t'entendre, l'interrompit l'oncle avec fierté. Mes enfants sont grands, je les ai nourris, je les ai élevés, je n'ai plus rien à craindre. Si quelqu'un doit mourir, c'est mieux que ce soit moi plutôt qu'un jeune.

À ces mots, tante Rosa essuya son nez dans son tablier à fleurs.

– Bon, d'accord, si vous y tenez, déclara le sergent à contrecœur.

Il alluma une cigarette de son Zippo gravé du blason de leur compagnie, souffla la fumée et se tourna vers Culture.

– Culture, on va avoir besoin de ton cerveau de joueur d'échecs.

Culture déplia sur la table une carte de la ville et la fixa longuement, puis il se mit fébrilement à dessiner des flèches. Après des heures de cogitation et de discussions, ils arrêtèrent le plan qui leur parut être le plus judicieux, vu les hommes et les ressources dont ils disposaient. C'était une action audacieuse et risquée. À la moindre erreur, tout tournerait à la catastrophe. Mais si l'un d'entre eux doutait de la victoire, il n'en laissa rien paraître.

+

En attachant l'agrafe dans le dos de la robe de mariée, la mère de Lovorka regarda sa fille dans le miroir et remarqua sa mine défaite.

– Quelle dinde ! dit la mère, exaspérée.

– Mais je ne l'aime pas, murmura Lovorka.

– Elle remet ça ! Elle ne l'aime pas. Comme si c'était important. Quand tu achètes des chaussures, elles sont parfois trop serrées. Ça ne fait rien, elles s'assoupliront avec le temps. Tu penses trouver chaussure à ton pied ? Allons, ma fille ! Même Cendrillon est passée par là. Mais elle, elle était intelligente, elle a compris que son prétendant était tout ce qu'il y avait de bien : croate, catholique, posé, libre, une bonne situation, sain de corps et d'esprit... Qu'est-ce qu'il te faut de plus ? Tu serres les dents et tu enfiles les chaussures. Si les orteils te font mal ou si tu as une ampoule au talon, tant pis. L'important, c'est de ne pas marcher pieds nus.

– Onze heures moins cinq, les aiguilles se superposent, quelqu'un pense à moi, dit Lovorka, songeuse, et sa mère comprit qu'elle ne l'avait pas écoutée.

– Tu peux te les fourrer où je pense, tes aiguilles !

✢

À dix heures cinquante-cinq, pile selon le plan, deux prêtres en habit noir et col romain se présentèrent devant les deux policiers en uniforme d'apparat sur le péristyle au pied de la cathédrale. Le premier était grand, les cheveux gominés, des lunettes à large monture carrée, une barbichette soignée, le second plus petit et grassouillet, portant moustache.

– Vos invitations, s'il vous plaît, leur dit l'un des policiers.

Le plus petit des deux prêtres porta sa main à la poche intérieure gauche de son veston. Puis à la droite, puis aux deux poches extérieures. Il examina même son pantalon, souriant timidement aux deux fonctionnaires du ministère de l'Intérieur.

– Je dois les avoir oubliées à l'hôtel, finit-il par déclarer, s'excusant humblement du regard. Son Excellence a visité ce matin le séminaire épiscopal, et, dans notre hâte, nous avons...

– L'accès est interdit sans invitation, l'interrompit le policier, inflexible. Allez, du vent!

– S'il vous plaît, Son Excellence le nonce apostolique Giuliano Salvatore est venu spécialement, en cette occasion où M. Ciboulette s'apprête à allumer le flambeau de l'hymen, pour transmettre...

– Fiston, tu comprends ce que je viens de te dire?

– ... aux jeunes époux les félicitations personnelles du Saint Père Benoît XVI, termina le grassouillet dans un souffle.

Les deux agents se figèrent.

– Du Saint Père Benoît? demanda l'un, dubitatif.

– Le pape Benoît XVI, confirma le petit dodu. Son Excellence le nonce apostolique, ajouta-t-il en montrant l'escogriffe à lunettes, serait très déçu...

– T'es qui, toi? l'interrompit le policier.

– Qui êtes-vous? corrigea l'autre avec déférence.

– Son traducteur, expliqua le prêtre.

Il se tourna vers le nonce apostolique et lui dit quelques mots en italien.

– *Si, si,* répondit ce dernier, hochant la tête et tirant sur sa barbiche.

Son Excellence était visiblement peu bavarde. Ce qui n'est guère étonnant, car « *si, si* » était tout ce qu'il savait dire en italien.

– Veuillez prier le ponce anostolique..., commença le premier agent.

– Le nonce apostolique, le corrigea le second.

– ... monsieur le nonce apostolique de pardonner le désagrément, termina le premier en s'écartant pour laisser passer Son Excellence.

Le traducteur traduisit, et monseigneur Salvatore répéta encore une fois « *si, si* » très dignement, en s'inclinant au passage devant les policiers.

+

– Tout se passe bien ? demanda sévèrement le chef de la police lorsqu'une minute plus tard, en costume de satin gris, une rose blanche à la boutonnière, il arriva sur le péristyle.

– Tout est sous contrôle, monsieur, répondit l'un des fonctionnaires.

– Faites attention, je vous tiendrai personnellement responsables si ça merde. Et vous savez ce qui arrive quand ça merde.

Aussitôt les deux malheureux fonctionnaires pâlirent de frayeur et portèrent instinctivement leurs mains à leurs parties, car tout le monde connaissait la manière dont le chef Ciboulette, au mépris des commissions disciplinaires et de la bureaucratie, punissait quand ça merdait. Une faute, et il coupait une valseuse. Deuxième faute, deuxième valseuse. En cas de troisième faute, il supprimait les frais de repas de la fiche de salaire.

– Vous êtes superbe, chef, osa remarquer bassement l'un des policiers.

– Va te faire foutre, lui répondit élégamment son chef avant d'entrer dans la cathédrale emplie d'invités.

Il salua distraitement le maire et le chef de district, examinant attentivement les visages alentour. Il remarqua un prêtre, grand, gominé, barbu, qui, devant l'autel latéral, se faisait expliquer quelque chose par un autre prêtre, plus petit, en italien. Ciboulette ne les connaissait pas, mais il hésitait à leur demander qui ils étaient. Ils étaient dans une église : quoi de plus normal que de voir deux prêtres dans une église ? Pendant que le chef de la police réfléchissait à cette éventualité, le ministre de l'Intérieur fit son entrée. Ciboulette se précipita à sa rencontre et l'installa au premier rang.

Puis Lovorka, en robe de mariée, apparut dans le rectangle de lumière du portail : éblouis par sa beauté, tous les invités se mirent à battre des mains. Ces applaudissements spontanés avaient été spécifiés dans l'ordre écrit que le chef de la police avait distribué quelques jours auparavant. Le nonce apostolique s'agita : son traducteur dut lui saisir le bras pour l'empêcher de s'élancer vers la jeune épousée.

On s'installa sur les bancs, les mariés s'assirent devant l'autel, la messe débuta. Comme la cérémonie tirait en longueur, le chef Ciboulette devint nerveux. Il écoutait distraitement le sermon – quelque chose à propos de Jésus et d'un figuier –, tout en regardant Lovorka à la dérobée. Elle se taisait, plongée dans ses pensées, fixant le vide. À gauche, au fond de l'église, sa fausse barbe démangeait le nonce apostolique, et à droite, son soi-disant traducteur, critique de cinéma à *La Dalmatie libre* dans la vraie vie, transpirait de nervosité.

Finalement vint le moment du sacrement, et le chef Ciboulette, d'une voix résolue, jura fidélité en enfilant la bague sur l'annulaire pendouillant de sa bien-aimée. Le prêtre se tourna vers celle-ci et lui donna à réciter : « Moi, Lovorka, je te reçois comme époux et je te promets de rester fidèle, dans le bonheur et dans les épreuves, dans la santé et dans la maladie, pour t'aimer tous les jours de ma vie. »

Mais à la place, tous purent entendre, venant du fond de la cathédrale :

– Bon Dieu, Lovorka, déconne pas.

Les paroles n'avaient pas été prononcées à voix haute, mais dans le silence solennel précédant la sainte union, elles résonnèrent comme un coup de tonnerre : tous se tournèrent vers le prêtre gominé qui se leva en ôtant ses lunettes et sa fausse barbiche.

– Allez, avoue, dit le nonce apostolique, un sourire aux lèvres, tu étais sûre que je ne viendrais pas.

Dans un premier temps, tout le monde pensa que Lovorka allait s'évanouir de stupeur, mais une seconde plus tard son visage affichait un sourire de bonheur.

– Krešo, mon amour, murmura-t-elle, radieuse, avant de se souvenir du lieu où elle se trouvait. Ne m'en veux pas, ajouta-t-elle à l'intention du chef de la police en costume de satin gris, une rose blanche à la boutonnière.

Soulevant les pans de sa robe, elle s'élança vers l'amour de sa vie. Mais le chef Ciboulette était loin d'être naïf: il avait un plan pour tous les scénarios possibles, y compris les plus saugrenus.

– Attrapez-les ! cria-t-il. Fermez les portes ! Plus vite ! Personne ne doit sortir de la cathédrale !

À cet instant précis, de l'autre côté de l'église, le prêtre grassouillet se leva et se mit à crier :

– La cathédrale est piégée ! Tous dehors ! Tous dehors, la cathédrale est piégée !

Un pétard éclata, puis deux autres. Dans cet espace restreint, ce fut comme une tonne de TNT. Puis on entendit un chuintement sur le sol : en une seconde, le sanctuaire fut envahi de fumée. De petites explosions se firent entendre, comme si on tirait à l'arme automatique.

– Mondieumondieumondieu ! On va tous mourir ! cria Culture d'une voix de femme, alimentant la panique.

La foule apeurée se précipita vers la sortie, poussant les portes que deux policiers s'efforçaient de refermer sans succès.

– Laissez passer les femmes enceintes ! s'acharnait Culture. Maman ! Où est ma maman ? gémit-il d'une voix d'enfant.

Tenant fermement la main de Lovorka, Krešimir jouait des coudes à travers la foule paniquée. Il se retourna et vit que Ciboulette était à deux pas derrière eux. Bousculant leurs voisins, ils parvinrent finalement à sortir de la cathédrale et dévalèrent les marches en direction du péristyle.

– Dans les catacombes ! Tout le monde dans les catacombes, vite ! cria le chef Ciboulette, distinguant à travers la foule et la fumée le pan de la robe de sa promise, disparaissant dans l'entrée sombre des catacombes du palais de Dioclétien.

Accompagné de deux agents, il dévala les escaliers en pierre à la poursuite des fuyards, se frayant un chemin à travers les touristes arrêtés devant les étals à souvenirs ou qui se faisaient photographier à côté d'étudiants grimés en légionnaires romains. Il les aurait certainement rattrapés si un retraité n'était soudainement tombé dans le passage entre les étalages, gémissant et se tenant théâtralement la poitrine d'une main, et de l'autre entraînant dans sa chute une étagère en verre supportant des vases en céramique et des assiettes peintes. Les deux policiers et leur supérieur en habit de satin foncèrent sur cet obstacle inattendu, constitué de l'étagère, du vieillard et de la poterie qui se brisa en mille morceaux dans un bruit assourdissant. Ciboulette et un policier s'étalèrent de tout leur long, le troisième fit un bond de côté, renversant une vitrine de bijoux en argent.

– Ive ! s'écria une vieille femme qui se précipita vers le retraité. Ive !... Monsieur, s'il vous plaît, dit tante Rosa en s'agrippant à Ciboulette qui se relevait. Appelez une ambulance ! Mon mari a un malaise !

– Dégage, grosse vache ! lança le chef de la police en se libérant de son étreinte.

– C'est quoi pour des manières ? C'est quoi, ce monde où personne ne pense à son prochain ? se lamenta la tante en le tenant fermement.

– Lâche-moi ou je te baffe ! s'impatienta Ciboulette, impuissant, regardant les deux fuyards traverser le portail pour s'enfuir vers le quai.

– Enlève tes chaussures ! s'écria Krešo.

– Pardon ?

– Tes chaussures ! Enlève tes chaussures !

Lovorka s'arrêta, ôta ses tout nouveaux escarpins blancs et les tendit à Krešo.

Celui-ci prit les chaussures et les jeta au loin.

– Abruti ! s'écria Lovorka, outrée.

– Monte ! lui dit-il en se hissant sur une moto sur le parking au bout du quai : une BMW noire monstrueuse de mille cent cinquante-sept centimètres cubes. Lovorka souleva sa robe, monta sur l'engin et s'agrippa à lui, dans ses bas blancs et son porte-jarretelles en dentelle.

– Tu vas où, espèce d'idiot? dit-elle en le voyant accélérer de zéro à cent en 2,8 secondes sur les dalles de béton étincelantes.

Manœuvrant habilement à travers la foule des promeneurs, retraités, chômeurs et mères avec landau, rasant les cafés, les cireurs de chaussures et les vendeurs de pop-corn et de ballons, Krešo lança sa moto sur le quai le long du palais, entre les palmiers et les réverbères.

– Une moto noire, elle vient sur vous! Le numéro de plaque? Combien de motos noires roulent sur le quai à cette heure-ci, espèce de crétins! hurla Ciboulette dans son émetteur à l'intention de deux agents embusqués dans leur véhicule de patrouille devant l'église Saint-François. Il est où, l'hélicoptère, nom de Dieu de bordel de merde? jura-t-il, les yeux au ciel.

– Monsieur, nous sommes là, annonça le pilote de l'hélicoptère de la police en survolant le marché et la tour de la cathédrale. Le suspect est repéré, nous le suivons.

La moto noire déboucha sur le port de Matejuška, continua le long du quai Branimir, dépassa la station-service, l'hôtel Marjan et l'hôtel de ville. La voiture de patrouille la suivait à une centaine de mètres, l'hélicoptère la survolait tellement bas que les tourbillons du rotor emportèrent le voile de la mariée.

– On dirait qu'ils se dirigent vers le tunnel de Marjan, avisa le pilote.

– Qu'une patrouille les attende à la sortie, ordonna Ciboulette depuis le siège arrière de sa Mercedes de fonction qui fonçait le long du quai toutes sirènes hurlantes. Stoppez-les du côté de Spinut, ils ne pourront pas s'échapper. Vous me les arrêtez tous les deux et vous m'attendez… Ha! Le fumier! ajouta-t-il hors de lui après avoir raccroché. Devant l'autel, le bougre de salaud!

La moto de la mariée et du faux nonce apostolique entra dans le tunnel; l'hélicoptère prit de l'altitude, survola la colline de Marjan et immobilisa son vol au-dessus de la sortie côté Spinut, où stationnait une seconde patrouille.

+

– Vous les avez eus ? demanda triomphalement Ciboulette. Oui, une moto noire… Qu'est-ce que j'en sais, de quelle marque… Comment ça, c'est pas eux, espèce d'emmanché ! Attends, je suis là dans une minute !

Il fallut moins de soixante secondes au chef de la police régionale pour traverser le tunnel. Furieux, il sortit de la limousine et se dirigea prestement vers les occupants des deux voitures – la première qui avait suivi les fuyards, la seconde qui les attendait – qui ferraillaient avec un costaud en short et maillot de sport, un linge mouillé autour du cou, appuyé sur une moto noire.

– Qui je suis ? hurla ce dernier. Je suis le sergent Mile Skračić, 4e bataillon, 7e brigade mécanisée, et toi, quel est ton nom, espèce de morveux ? Qui es-tu, où étais-tu pendant que je me battais pour ce pays ? De quel droit oses-tu, sans raison aucune, arrêter un ancien combattant croate revenant de la plage ?

– Monsieur, nous avons de sérieuses raisons de soupçonner que ce véhicule a servi à commettre…, dit prudemment un agent.

– Quel véhicule ? Ma moto ? Vous n'avez pas honte, ordures ! Vous vous rendez compte ? lança le sergent à l'intention de deux passants qui s'étaient arrêtés pour observer la scène. Vous voyez ce qu'on fait aux anciens combattants ? Et que dit l'opinion publique ? Rien ! L'opinion publique se tait !

– Pardonnez-moi, c'est votre moto ? se mêla le chef de la police.

– Qui le demande ? lui répondit Mile, d'humeur pugnace.

– Le commandant de la police, Goran Ciboulette, rétorqua-t-il de haut, tout en examinant le permis de conduire que lui avait remis un policier.

– Ciboulette ? remarqua Mile ironiquement. Et où est le sous-commandant Vinaigrette ?

– Vous pensez que c'est une blague ? dit le chef d'un ton sévère, le fusillant du regard.

– Moi ? protesta le sergent. Deux voitures de police m'arrêtent, et le machin là-haut qui bourdonne tout le temps, dit-il en montrant l'hélicoptère, et vous, vous me parlez de...

– Où sont-ils ? l'interrompit Ciboulette.

– Qui ?

– Tu sais très bien, saligaud ! Les deux, là, où..., explosa le chef en pointant du doigt les ténèbres du tunnel, puis il comprit ce qui s'était passé et ferma les yeux un instant. Une voiture ! hurla-t-il en s'agrippant à l'uniforme de l'un des agents qui attendaient à la sortie. Est-ce qu'une voiture est sortie du tunnel juste avant ou juste après ce type à moto ?

– Une Twingo jaune, se souvint son collègue. Elle a pris la direction du stade.

– Une Twingo jaune ! aboya Ciboulette. Une Twingo jaune ! répéta-t-il en reculant et en dirigeant son regard vers l'hélicoptère, comme s'il n'avait pas de radio et qu'il devait hurler ses ordres. Trouve-moi une Twingo jaune, sur la route entre le stade et l'état-major de la marine ! À toutes les patrouilles : arrêtez toutes les Twingo jaunes ! Vérification d'identité de tous les individus quittant la ville !

Tout en distribuant ses ordres, Ciboulette jeta un œil au type au linge mouillé autour du cou, et crut apercevoir un sourire ironique sur ses lèvres. Mais il n'avait pas le temps de s'en occuper.

– Vous me gardez ce mal embouché au chaud, j'ai encore des choses à lui dire, lança-t-il avant de s'engouffrer dans sa Mercedes et de continuer la traque, aidé de l'hélicoptère qui pencha légèrement vers l'avant et s'envola en direction du nord. Les quatre policiers restèrent avec le sergent Mile, ne sachant trop que faire de lui.

– Vous conduisez sans casque, remarqua l'un des agents, juste pour dire quelque chose.

– Sans casque, ah oui ? lui lança Mile à la figure. J'ai porté le casque, jeune homme. Je l'ai porté quand on se retirait de

Drniš, je l'ai porté quand on libérait Knin. Le sergent Mile Skračić a porté le casque quand il le fallait, et toi, où étais-tu, mon cher ? Laisse-moi te demander, où étais-tu quand, le casque sur la tête, je…

– Allez, allez, c'est bon, l'interrompit le policier dans un souci d'apaisement.

CHAPITRE CINQ

Où l'on appelle tous les citoyens à dénoncer au poste de police le plus proche la présence d'un Taliban adopté par un combattant tchétchène marié à une séparatiste basque.

C'était un samedi après-midi paresseux à la Combe aux Aspics. Zvonimir et Domagoj s'amusaient dans la cour près du garage avec l'un des employés de l'Intercommunale d'électricité. Cela faisait presque un mois que Nenad Nevjestić était prisonnier de ces sauvages qui refusaient de payer l'électricité depuis des décennies. Adossé à une grande roue en bois, il écarta docilement, bien que la mine défaite, ses bras et ses jambes pour que Domagoj puisse lui attacher les poignets et les chevilles.

– Tu es prêt ? demanda Domagoj à Zvonimir qui se tenait non loin de là, un bandeau sur les yeux et cinq couteaux à la main.

– Envoie la sauce ! ordonna Zvone à son jeune frère qui fit tourner la roue et le malheureux employé de l'Intercommunale d'électricité.

Pendant quelques instants, Zvonimir huma le vent et écouta le bruissement feutré des roulements à billes de la roue, puis lança d'un geste assuré le premier couteau. La dague siffla dans l'air et se planta dans la planche à un centimètre des parties de Nenad, qui à cet instant-là pendait tête en bas. Le prisonnier frissonna et poussa un soupir à peine audible, afin de ne pas déconcentrer le lanceur.

– Saligaud, tu triches ! lança Domagoj à son frère aîné.

– C'est ça ! ironisa ce dernier en soulevant son deuxième couteau.

– Attends un peu, dit Domagoj en s'approchant pour serrer le bandeau de Zvonimir.

– Il ne triche pas, laisse-le lancer ! supplia Nenad depuis sa roue dans l'espoir d'abréger son supplice.

En plus des couteaux, il craignait à présent, tourneboulé comme il l'était, de vomir la polenta à la vanille que Jozo leur avait donnée à manger. Il ferma les yeux pendant que Zvonimir se préparait au lancer.

Zvone se mordit le bout de la langue en levant le bras. Il était sur le point de lâcher son couteau lorsque Jozo s'écria depuis la cuisine :

– Krešo... on parle de Krešo à la télévision !

Zvonimir tressaillit, laissa maladroitement échapper la lame et rata son coup. Le couteau effleura l'oreille gauche de Nenad ; plus effrayé que meurtri, ce dernier poussa un hurlement bestial. Mais plus personne ne faisait attention à lui, ni Zvone, qui n'exigea pas l'annulation du lancer, ni Domagoj, qui ne put se réjouir d'affirmer que les règles étaient les mêmes pour tous. Abandonnant les couteaux, le bandeau et le prisonnier qui continuait à tourner sur sa roue, ils accoururent à la maison.

– Je l'ai vu dans les grands titres du téléjournal, ça va commencer, dit le père en montrant le poste où défilaient les principales informations de la journée.

– Chers téléspectateurs, bonjour, commença le présentateur d'un air professionnel, le visage soucieux. Un crime inouï a été commis il y a à peine deux heures à Split, où un important groupe armé a fait irruption dans un mariage au cœur de la cathédrale Saint-Domnius et a enlevé la fiancée de Goran Ciboulette, le chef de la police régionale. Notre reporter, Šime Čulina, est en direct devant l'église. Šime, vous confirmez que les ravisseurs étaient armés de mitrailleuses lourdes et de lance-roquettes ?

– C'est exact, Hrvoje, dit le reporter dans un long microphone jaune. Un groupe de vingt-cinq à trente hommes armés a interrompu la cérémonie à coups de grenades et de tirs nourris, et a emmené dans une direction inconnue Lovorka K., âgée de trente-six ans. Les ravisseurs ont utilisé des mitrailleuses lourdes et des lance-roquettes. D'après les informations dont nous disposons, au moins un engin explosif a explosé dans l'enceinte de la cathédrale. Comme vous pouvez le voir derrière moi, la scène de crime a été sécurisée ; l'enquête de police est en cours, nous n'avons donc aucune information concernant le nombre de victimes et les dégâts survenus dans ce monument historique.

– Šime, merci, restez avec nous, dit le présentateur en se tournant vers un barbu assis à ses côtés. Nous avons dans le studio Petar Baretić, notre expert en terrorisme, avec lequel nous allons essayer de comprendre les motifs et le déroulement de ce terrible événement. Monsieur Baretić, les informations dont nous disposons à l'heure actuelle sont très succinctes, mais pouvons-nous au moins émettre des conjectures sur l'identité et les motifs des ravisseurs ? S'agit-il de représailles du milieu du crime organisé, auquel le chef Ciboulette a porté un coup dur il y a deux mois lors de sa saisie historique d'héroïne, ou est-il question d'autre chose ?

– Nous pouvons supposer, bien sûr, qu'il s'agit d'une manœuvre du crime organisé, mais il serait imprudent de tirer des conclusions trop hâtives, lança l'expert avec réserve. Le mode opératoire ouvre un large spectre de possibilités. Les mitrailleuses lourdes, par exemple, sont d'ordinaire utilisées par les combattants tchétchènes, les lance-roquettes sont la signature des Afghans, les explosifs sont généralement imputés aux indépendantistes basques. Tout cela est très confus, mais c'est peut-être l'objectif même des responsables sans scrupule de cet acte terroriste…

– Je dois vous interrompre un instant pour que nous puissions visionner le film de la cérémonie cédé à nos studios de manière exclusive par le cameraman Veljko Kozina, du studio Art Méditérranée.

La transmission en direct fut interrompue par les images de la cathédrale. On y voyait Ciboulette en costume gris, une rose blanche à la boutonnière, crier rageusement en agitant les bras : « Attrapez-les ! Fermez les portes ! Plus vite ! Personne ne doit sortir de l'église ! », puis on entendit crier depuis le fond de l'édifice : « La cathédrale est piégée ! Tous dehors ! Tous dehors, la cathédrale est piégée ! » S'ensuivirent une explosion assourdissante, quelques détonations plus légères et des rafales d'arme automatique. La foule paniquée se mit à hurler, l'image trembla. Jouant des coudes, le cameraman Kozina du studio Art Méditérranée filmait des visages terrorisés, la paume d'une main face caméra, les fresques et les dorures sur les murs, et l'on put distinguer nettement un grand homme aux cheveux noirs tirer par le bras la jeune mariée kidnappée.

– C'est Krešimir ! cria le vieux Jozo.

– Mais non…, dit Zvonimir en hésitant, avant d'observer plus attentivement l'écran où le film de l'enlèvement passait au ralenti.

– Mais si, c'est Krešo, murmura Domagoj, sidéré.

– Ma foi, tu as raison, concéda Zvone.

Se tenant la tête, les trois hommes demeurèrent quelques instants devant la télévision, se demandant dans quelle saloperie Krešimir s'était bien fourré, pendant que l'expert en terrorisme concluait savamment son analyse de la situation :

– D'après les images que nous venons de voir, je pense qu'il n'y a plus de doutes. S'il fallait dessiner un profil du planificateur de cet acte criminel, je dirais avec une quasi-certitude que nous sommes à la recherche d'un Taliban adopté par un combattant tchétchène marié à une séparatiste basque.

– J'espère que la police vous a entendu. Monsieur Baretić, je vous remercie.

– Merci à vous.

– Nous retournons, chers téléspectateurs, sur la scène de crime où se trouve toujours Šime Čulina. Šime, demanda le présentateur, je suppose que nous n'avons toujours pas de déclaration du chef de la police ?

– Non, Hrvoje, le chef Ciboulette, comme il fallait s'y attendre, a pris personnellement la direction de l'enquête, cette affaire le concernant directement, et en ce moment il met en place le plus important blocus jamais vu en ville de Split…

✣

En réalité, un tel dispositif policier avait été instauré à trois reprises dans l'histoire : lors de la visite pastorale de Jean-Paul II, au moment de l'arrivée de Franjo Tudjman dans le Train de la Liberté à la fin de la guerre, et lorsque Josip Broz Tito avait accueilli notre ami africain, l'empereur Hailé Sélassié. De longues files de voitures s'étiraient dans une chaleur étouffante sur toutes les routes principales et secondaires en direction d'Omiš et de Solin. On vérifiait l'identité de chaque voyageur sur tous les ferries en partance pour Brač, Vis, Šolta et Lastovo. Bien qu'on ne fût pas encore au mois de mai, il faisait chaud comme en plein été ; nombre de conducteurs n'ayant pas de climatisation, ils klaxonnaient nerveusement, sortaient des colonnes et juraient en brandissant le poing. On fit état de plusieurs échauffourées. Une femme exaspérée déclara qu'elle voulait divorcer, et abandonna son mari et ses enfants dans sa voiture.

Ce chaos n'avait toutefois pas l'air de préoccuper les forces de l'ordre. Les policiers examinaient attentivement et sans se presser les cartes d'identité et demandaient poliment à tous les automobilistes d'ouvrir le coffre de leur véhicule. Cela faisait quatre heures que Željko Klarić, camionneur indépendant, était pris dans les embouteillages sur la route de Solin. Mètre par mètre, il faisait sereinement avancer son camion et sa remorque, en professionnel habitué à patienter. Il avait passé la majeure partie de sa vie à attendre les chargements et déchargements, sur les frontières et à la douane, dans une vaine perte de temps.

– Željko, où allez-vous et que transportez-vous ? lui demanda, à six heures du soir, un agent en examinant son permis de conduire, pendant que son collègue soulevait suspicieusement la couchette de la cabine.

– Des légumes, depuis le terminal de Sjeverna Luka pour la Slavonie.

– Pour la Slavonie ?

– Osijek. Importation espagnole : des tomates et des poivrons. Et des concombres, des comme ça, montra-t-il, Dieu m'en garde.

– Pourquoi « Dieu m'en garde » ?

– Qu'est-ce que j'en sais, il y a des gens de toutes sortes.

– On va jeter un œil à la cargaison.

– Allez-y, répondit Željko, conciliant.

Il alluma une cigarette et se pencha par la fenêtre, observant les agents soulever la bâche pour découvrir avec découragement un amoncellement sans fin de caisses en carton vertes.

– Il y en a combien ? demanda l'un des policiers.

– Mille sept cent quarante-quatre caisses de tomates, mille trois cent vingt-six de poivrons et huit cent cinquante-huit de concombres, lut Klarić sur sa liste de chargement.

– Et qu'est-ce qu'on trouvera si on déplace les premières rangées ? demanda un type en costume gris, une rose blanche à la boutonnière, évitant une vieille Ford Escort noire qui roulait en sens contraire.

– Si tu ne me crois pas, mon ami, regarde par toi-même. À ta place, je ne ferais rien sans transpalette, mais tu sais certainement mieux que moi ce que tu dois faire.

Le chef jeta un regard méprisant au chauffeur sarcastique, puis lui fit signe de passer. Le semi-remorque s'ébranla lentement.

– Tu l'as dans le fion, patate ! lança Željko dans le rétroviseur, dès qu'il fut hors de portée de voix, à l'intention de Goran Ciboulette.

Le chef était venu personnellement vérifier l'identité de tous ceux qui quittaient Split, bien que nourrissant de moins en moins d'espoir de retrouver Lovorka et son zigoto. Trop de temps a passé, Dieu seul sait où ils peuvent être à présent, se dit-il en regardant le camion de légumes s'éloigner.

Tout d'un coup, il sentit quelque chose dans sa poche. Il plongea la main et ressortit, étonné, une petite cassette audio. Il l'examina en se demandant d'où elle provenait, puis se souvint : la femme dans les catacombes, celle qui s'était accrochée à lui en lui demandant d'aider son mari. Dans la cohue, il n'y avait pas fait attention, mais à présent il se souvenait vaguement qu'elle lui avait glissé quelque chose dans la poche.

– Vous avez un lecteur de cassettes dans la voiture ? demanda-t-il à un agent.

Il s'enferma dans le véhicule et fit tourner la cassette : une interprétation criminelle d'un vieux hit de Mišo Kovač envahit l'intérieur de la Škoda des forces de l'ordre :

Une fois une seule l'amour frappe à la porte
Pour te promettre et le désir et le fiel,
Des sentiments le flamboiement il transporte
Tout comme ton âme dans l'infini du ciel

Une fois une seule l'amour à la porte frappe
Pour t'offrir rêves, nostalgie et beauté
La passion triomphante te rattrape
Elle va t'emprisonner dans ses chaînes dorées

chantait Krešimir Aspic à l'intention du chef Ciboulette, accompagné pour le refrain par un chœur formé de Željko, de Culture et du sergent Mile :

Si tu m'abandonnes, si tu me laisses tomber
L'univers pleurera, les cieux seront plombés
Si tu m'abandonnes, et me fais succomber
Laisse-moi supposer que d'amour tu m'aimais

Le menton de Ciboulette trembla, il renifla, gémit douloureusement, et laissa couler une larme. Durant une demi-heure, peut-être davantage, les deux agents postés au barrage de police non loin de Solin purent observer, médusés, leur chef sangloter dans la voiture de fonction, la morve au nez. En moins d'une heure se propagea sur les ondes de la police la nouvelle qu'il avait pleuré, les épaules agitées de spasmes dans son costume de satin gris, et qu'à un moment donné il avait arraché la rose blanche de sa boutonnière pour en détacher les pétales un à un, à l'aide de ses dents.

Les agents de police trouvaient ce dernier détail particulièrement cocasse.

✣

Les criquets stridulaient dans un pierrier du mont Mosor, sur une vieille route envahie de mauvaises herbes, à deux pas d'un village abandonné où un camion s'était arrêté tard dans l'après-midi. Formant une chaîne humaine, des hommes déchargeaient les légumes. Željko Klarić passait les caisses à oncle Ive, oncle Ive à Culture, qui les empilait soigneusement sur le bas-côté. En sa qualité de dame, tante Rosa était exemptée d'activité physique ; elle se tenait un peu plus loin, son sac à la main. Après qu'on eut déchargé quatre rangées de caisses, on put apercevoir derrière le fret une petite Twingo jaune avec, à son bord, une femme en robe de mariée et un homme en costume noir.

On fit descendre la voiture du camion par une rampe en métal, et Lovorka et Krešimir en sortirent pour embrasser tout le monde. Tante Rosa pleurait, Lovorka avait elle aussi la larme à l'œil.

– Nous trois avons réuni une petite somme d'argent, et Mile a acheté un cadeau de mariage pour vous deux, dit le camionneur en tendant à Lovorka un gros paquet emballé dans du papier de couleur. Rien de spécial, un petit souvenir.

– Željko, comment pourrais-je vous oublier après tout ce que vous avez fait ? dit la mariée, émue.

– Où est Mile ? demanda Krešimir.

– Ce fumier de Ciboulette l'a arrêté.

– Oh, le salaud ! jura Krešo.

– On pouvait s'y attendre, dit Klarić.

– On ne doit pas avoir peur pour Mile, il se débrouillera, ajouta Culture.

– Vous devriez vous aussi vous mettre à l'abri, s'adressa Krešimir à son oncle et à sa tante. Je ne pense pas qu'il se souviendra de vous, mais vous lui avez parlé les yeux dans les yeux.

– Aucun souci. Ils habiteront chez moi durant deux ou trois semaines, le temps que ça se calme.

Lovorka déchira l'emballage de son cadeau de mariage.

– Nous ne savons pas ce que Mile a acheté, dit Klarić en guise d'excuse, en voyant un grand vase de porcelaine en forme de cygnes aux cous amoureusement entrelacés.

– C'est joli, dit Krešimir.

– C'est très joli, confirma Lovorka. Et romantique.

– Qui aurait cru que le sergent fût si romantique, ajouta Culture avec étonnement.

– Ton oncle et moi avons fait quelques économies, dit tante Rosa en sortant de son sac un petit paquet. On ne pouvait pas arriver les mains vides.

À l'intérieur se trouvait une petite boîte avec deux bagues de fiançailles.

– Oh là là, tante Rosa, s'émut Lovorka.

– Soyez heureux, mes enfants, dit oncle Ive.

Quelques minutes plus tard, ils rechargèrent les légumes ; Klarić s'en alla, suivi peu après par Culture, l'oncle et la tante, dans la Twingo jaune. Lovorka et Krešimir restèrent seuls à côté de la Golf. Elle le fusilla du regard, et il baissa les yeux, embarrassé, poussant du pied les cailloux sur le bord de la route.

– Où étais-tu passé, bon sang ? siffla-t-elle.

Il semblait, de terreur, avoir perdu l'usage de la parole.

– C'était… heu… je ne sais pas, c'était l'hiver, il y avait de la neige…

– Il y avait de la neige ?! Elle a fondu, non ?

– Oui, dit-il à voix basse, honteux.

– Ça doit être à cause du réchauffement climatique, n'est-ce pas ? demanda-t-elle, ironique.

Krešimir Aspic ne savait plus quoi dire.

– Ça fait quinze ans, espèce d'abruti ! lança Lovorka d'une voix glacée.

Il rentra la tête dans les épaules. Elle tourna sur elle-même, avisa une branche sur la route et l'empoigna prestement.

– Ça fait quinze ans que je t'attends ! dit-elle furieusement en lui donnant un coup sur la tête.

Krešo se replia, se tenant la tête.

– Sans savoir si tu es mort ou vif ! continua Lovorka en ne cessant de le cogner, sur les côtes à présent.

Il recula de deux pas, mais elle le suivit, implacable.

– Ça fait quinze ans que j'attends que cet idiot me rappelle ! ajouta-t-elle en lui frappant les épaules.

Krešo tomba en se recroquevillant.

– Quinze années sans une lettre, sans une carte postale, sans un télégramme ! Si seulement tu m'avais appelée, babouin ! rageait Lovorka en lui frappant le dos, les jambes et la tête. J'ai pleuré toutes les larmes de mon corps, et tu n'as même pas pensé à me passer un coup de fil ! C'est quoi ces manières ? C'est des façons de faire ? Je reviens mercredi, qu'il dit, et ça fait quinze ans que je n'ai aucune nouvelle de lui ! Espèce d'ours mal léché !

✢

Ce n'était pas la première raclée de sa vie, ni la dernière, mais c'était la seule pour laquelle il savait avec certitude qu'il ne chercherait pas réparation. Les cheveux en bataille, le nez en sang, un œil au beurre noir, Krešimir conduisait sagement à côté de Lovorka qui, les bras croisés, regardait sombrement à travers le pare-brise.

– Refais-moi ça et je t'arrache le cœur, lança-t-elle.

Krešimir hocha la tête en reniflant.

– Mouche-toi le nez.

Il essuya le sang avec son bras, ce qui exaspéra Lovorka.

– Tu n'as pas de mouchoir ?

– Non, avoua-t-il, penaud.

– Oh, pauvre de moi ! soupira-t-elle en lui tendant un mouchoir. Et tes cheveux ! Je suppose que tu n'as pas de peigne non plus ?

– Non.

– Pourquoi je ne suis pas étonnée ? Quand est-ce que tu t'es lavé les dents pour la dernière fois ?

Krešimir fronça les sourcils, comptant dans sa tête.

– Je préfère te le dire tout de suite : je ne peux pas vivre avec quelqu'un qui ne se lave pas les dents. L'hygiène corporelle est primordiale pour moi.

– D'accord.

– Et tes habits ? Tu les changes régulièrement ?

– Eh ! bien sûr, mentit-il.

– Mais oui ! À quelle température tu laves ton linge blanc ?

– Pardon ?

– À quelle température tu laves ton linge blanc ?

– À dix-sept degrés..., bredouilla Krešo.

Lovorka grincha avec dédain.

– À plus de dix-sept ? À moins ? À douze ? hésita-t-il.

– Tu es pitoyable… Regarde-toi ! Des chaussettes brunes avec des chaussures noires ! Je ne veux plus voir de chaussettes brunes avec des chaussures noires. Je suis particulièrement allergique à ce genre de détails. Comme quand un homme se baisse et qu'on lui voit la raie des fesses. Horrible ! Ça, et les poils dans le nez. J'ai envie de vomir quand je vois un type qui se laisse pousser les poils du nez comme un morse. La même chose avec les ongles. Tu dois te couper les ongles, puis les jeter à la poubelle. Je ne veux pas les ramasser derrière toi. Et gare à toi si je trouve des poils dans le lavabo après le rasage ! Ou tes caleçons sales au milieu de la chambre. Je tue sans semonce. Idem pour la lunette des toilettes : si tu pisses dessus, tu peux dire adieu à la vie. Ne laisse pas traîner tes affaires. Je ne demande pas grand-chose, juste un peu d'ordre. Je déteste qu'on fume au lit, je déteste les pellicules sur les cols de veste, et les marques de doigts sur le verre. Tu ne vas pas mourir si, après dîner, tu déposes tes couverts dans l'évier…

Elle ne cessait de parler, il hochait sagement la tête. Un court instant, il s'interrogea sur la sagesse de l'aventure dans laquelle il s'était lancé, mais il était trop tard pour changer d'avis : ils venaient d'arriver dans la cour de l'église de Smiljevo. Le soleil se couchait derrière les montagnes, les réverbères clignotaient en s'allumant. Ils garèrent la voiture sous le châtaignier. Le prêtre, qui jouait aux échecs avec un grand gaillard, vint à leur rencontre.

– Krešo, quel bon vent t'amène ?

– Je suis venu, Stipan, pour me marier.

– C'est vrai ? Et moi qui pensais que tu venais me remplacer, dit le curé en avisant les habits de Krešimir.

Krešimir le regarda, étonné. Il avait oublié que, quelques heures auparavant, il avait joué le rôle de Son Excellence le nonce apostolique.

– Ah, ça ? Ce n'est rien, je vais me changer.

– Votre robe, Dieu merci, est de circonstance, dit le curé en tendant la main à Lovorka. Stipan, enchanté.

– Lovorka, répondit-elle avec un sourire.

– Je ne t'ai pas vu à la télévision aujourd'hui? demanda don Stipan, comme en passant.

Il scruta Krešimir avec attention, et celui-ci soutint son regard, hésitant à lui dire quelque chose. Puis il s'abstint. Ils s'observèrent quelques secondes, avant que le prêtre n'éclate de rire.

– Ça ne fait rien, j'ai dû me tromper. Qu'est-ce que tu ferais à la télé? Et vous deux? Où sont les invités? Les témoins?

– Bah, ça s'est fait en vitesse, dit Krešimir. Je ne peux pas t'expliquer maintenant.

– N'explique rien, l'arrêta don Stipan. Je ne sais pas pourquoi, mais j'ai l'impression que moins j'en saurai, mieux je me porterai. Vous avez tous les documents? Les alliances?

Ils opinèrent du chef.

– Stanislav! cria le curé à l'homme qui n'avait pas cessé d'observer avec consternation l'échiquier. Tu as une demi-heure pour être témoin de mariage?

– Non, on m'attend à dîner.

– Dis-leur que tu seras en retard.

– J'aimerais juste pouvoir me rafraîchir et me coiffer, dit la jeune mariée.

– Bien sûr, répondit don Stipan en se tournant vers une vieille dame qui venait d'entrer dans la cure, un linge de cuisine à la main. Ruža, s'il te plaît, montre la salle de bains à la jeune dame.

Lovorka partie, Krešimir trouva dans un sac de la voiture une chemise blanche et une cravate que sa tante lui avait préparées sans qu'il le sache.

– Et ta voiture? demanda-t-il en s'habillant, pointant de la tête la Passat bleue de don Stipan au fond de la cour.

– Ah, ne me demande rien, soupira le curé. Je l'ai donnée au garage, comme tu l'as dit, mais rien n'y fait. C'est pire qu'avant. C'est les gaz: comme si le moteur étouffait.

Ruža, la bonne du curé et témoin de Lovorka, cueillit quelques fleurs dans le jardin pour en faire un bouquet. Le témoin de Krešimir, Stanislav Pirić, poète, peintre, ornithologue, secrétaire local de l'office de la culture, se tenait de l'autre côté. Don Stipan referma le livre, les deux tourtereaux échangèrent un tendre baiser, les yeux fermés.

– Fais-moi voir ta pompe d'injection, dit Krešimir.

+

Il faisait déjà nuit quand Lovorka et Krešimir s'engagèrent dans la Combe. Krešo s'étonna que personne ne les eût salués depuis l'observatoire à l'entrée du col. Il s'arrêta dans la cour, descendit de la voiture. Domagoj sortit de la maison et se jeta dans ses bras.

– Frérot ! s'écria Domagoj en l'enlaçant avec fougue.

– Qu'est-ce qu'il y a ? Où sont les autres ?

– Papa est dans la maison, Brane et Zvone sont partis à ta recherche.

– À ma recherche ? Où pensaient-ils me trouver ?

– Je ne sais pas. On a dit à la télévision que tu avais commis une attaque terroriste dans une église, avec des Tchétchènes et des Talibans. Ils ont enfermé les prisonniers dans le cellier et sont partis à Split pour te sauver. Papa a crié qu'il ne les laisserait pas prendre sa voiture, Brane lui a filé deux baffes et lui a pris la clé.

– Quels prisonniers ? demanda Lovorka.

– Ce n'est rien, je t'expliquerai plus tard, répondit Krešimir, voyant son père guigner à travers la fenêtre de la cuisine. Puis il reprit : Lovorka, laisse-moi te présenter mon frère cadet, Domagoj. Domagoj, ma femme, Lovorka.

Domagoj ouvrit la bouche, ébahi. Ému par le retour de son frère, il ne s'était pas rendu compte qu'il était accompagné d'une femme en robe de mariée, un bouquet de roses jaunes à la main.

– Lovorka, enchantée, dit-elle poliment, la main tendue.

Épouvanté, Domagoj demeura bouche bée.

– Espèce d'andouille, salue la dame, se fâcha Krešo, embarrassé par ce frère mal dégrossi.

– Ça ne fait rien, c'est nouveau pour lui comme pour moi, dit Lovorka en souriant.

Domagoj prit son courage à deux mains et la salua.

– Lovorka, dit Krešimir après quelques secondes de réflexion, je dois retourner en ville. À cause de Brane et de Zvone, Dieu sait ce qu'il peut leur arriver.

– Tu es complètement dingue ! s'écria-t-elle, furieuse.

– Mon amour, ce sont mes frères. Comme ils sont partis m'aider, je dois moi aussi…

– Krešimir ! l'interrompit sa femme. Si tu pars maintenant, je partirai moi aussi. Dieu m'en est témoin, tu ne me reverras plus ! Tu es déjà parti une fois pour une semaine, et je ne t'ai pas revu pendant quinze ans. Ça n'arrivera pas une seconde fois. Si tu pars, on ne sera plus ensemble.

– Il me faut un jour ou deux, pas plus.

– Pas même une seconde ! le coupa Lovorka.

– Frérot, ne pars pas, supplia Domagoj. Ne crains rien, ils reviendront d'eux-mêmes. Reste à la maison, s'il te plaît. Ne me laisse pas seul avec papa.

Krešimir regarda sa femme, son frère, et soupira.

– Allez, viens que je te montre la maison, souffla-t-il à Lovorka.

✢

Les deux prisonniers contemplaient cette scène à travers les barreaux de la fenêtre du cellier. Au moment où Krešo, Lovorka et Domagoj pénétrèrent dans la maison, l'aîné des percepteurs, Nenad Nevjestić, celui à l'oreille bandée que Zvonimir avait malencontreusement blessé sur sa roue quelques heures auparavant, se mit nerveusement à faire les cent pas d'un mur à l'autre.

– Chaque fois que j'entends le bruit d'une voiture, j'ai l'espoir qu'on vienne nous sauver. Qu'est-ce qu'ils attendent ? Qu'est-ce qu'ils attendent pour nous sauver de cet enfer ?

– Je suis orphelin, j'ai grandi dans un foyer. Personne ne viendra me chercher, dit Ratko tristement.

– Mais moi, je suis fils unique. Mon père et ma mère sont sûrement partis à ma recherche, rétorqua Nenad. Ils doivent mourir d'angoisse à l'heure qu'il est.

+

Pendant ce temps, à une centaine de kilomètres de là. Un samedi soir ordinaire dans l'appartement Nevjestić. Papa s'est installé, maman pose sur la table un plat de haricots. Une fois la nourriture distribuée, ils font le signe de croix et empoignent leur cuillère.

– Tu sais quoi? dit papa. Tu vas penser que je deviens fou, mais ça fait un mois que je trouve que quelque chose ne tourne pas rond.

– Grand Dieu! Qu'est-ce qui ne tournerait pas rond?

– Aucune idée. C'est juste que j'ai le sentiment que quelque chose a changé, dit papa, confus, en se tournant dans tous les sens.

Il regarde la pendule à coucou et la tapisserie multicolore sur le mur, il regarde le vaisselier, le frigo et l'évier, il regarde la troisième assiette, vide, posée sur la table, le géranium et l'asparagus installés sur la fenêtre de la cuisine, mais rien ne lui vient à l'esprit.

– Tu n'aurais pas changé les rideaux? demande-t-il.

– Non.

– Bah, je dois rêver, alors, dit papa.

– Tes haricots vont refroidir, l'avertit maman.

+

Lovorka découvrit une montagne d'assiettes sales dans la cuisine, des fenêtres encrassées, des rideaux pleins de poussière, une salle de bains avec des poils dans la baignoire jaunâtre, de la pourriture verdâtre sur les murs, une cuvette de toilette fendue et à l'odeur d'urine, des chaussures éparpillées dans les couloirs et les escaliers, des tas d'habits chiffonnés dans les armoires. Les semelles collaient au sol graisseux et s'en détachaient avec un bruit sec. Elle explora cette tanière malpropre, épouvantée, serrant convulsivement la main de Krešo. Elle ne dit rien, mais il était conscient de sa consternation, et il avait honte. Ils entrèrent finalement dans sa chambre, où les draps sens dessus dessous n'avaient pas été changés depuis son départ, un mois auparavant.

– Je sais que ce n'est pas ce à quoi tu t'attendais..., s'excusa-t-il, terriblement gêné.

Il se tut. Il ne savait plus quoi ajouter.

Elle lui lança un sourire.

– Tout ira bien, le calma-t-elle. Il te suffira de changer les draps.

Il trouva au fond de la commode du linge de lit propre. Elle tira les rideaux et ferma la porte à clé. Une fois qu'il eut terminé, Krešimir se retourna et la vit complètement nue au milieu de la chambre. Il en fut presque effrayé. Elle tremblait légèrement, et lui souriait d'un air triste et fébrile à la fois. Ses mamelons palpitant douloureusement, elle prit ses seins dans les mains et les pressa fermement.

– Mon amour, murmura-t-elle, si tu savais combien... si tu savais... Je pensais mourir sans connaître ça.

Elle se mit à pleurer. Il la prit dans ses bras. Les lèvres serrées contre celles de Krešo, elle déboutonna sa chemise et son pantalon.

+

Loin dans les montagnes se firent entendre les criquets et un hibou esseulé. Les chiens de chasse de Jozo dormaient dans leur niche, quelques poules sommeillaient dans la poussière sous le mûrier, la tête enfouie sous leurs ailes. Domagoj apporta à son père, devant la télévision, son habituelle chope de vin coupé, un tiers de vin, deux tiers d'eau gazeuse. Les deux prisonniers, qu'on avait laissés sortir de leur cellier pour leur donner à manger, se tenaient dans un coin de la cuisine. Le silence régnait, car Jozo ne tolérait aucun bruit quand il regardait sa série mexicaine, *Ivres d'amour*.

Mais ce soir-là, il ne put se concentrer sur les événements à l'écran, à cause du bruit provenant de la chambre au-dessus de la cuisine. Domagoj et les deux percepteurs regardaient avec effroi le vieux grimacer, et ils sursautaient chaque fois qu'ils entendaient un objet chuter, les murs trembler, ou que s'élevait un braiment sauvage :

– Oh, espèce de brute ! Qu'est-ce que tu me fais, espèce d'animal !

Le fils cadet se tordait les mains de terreur en entendant les jeux amoureux de son frère et de sa belle-sœur, leurs mugissements inhumains, glapissements déchaînés, brames joyeux, bêlements forcenés, piaillements affectueux, beuglements fiévreux, miaulements caressants, grognements menaçants et aboiements réjouis. Au moment où, de la chambre de Krešimir, se fit entendre un piaulement enjôleur, Jozo éteignit rageusement la télévision, se leva et se mit à haranguer d'une voix grave les représentants de la jeune génération :

– Prenez garde, mes enfants, déclara-t-il doctement en levant l'index. Notre existence terrestre est pleine de tentations, chaque occasion est bonne pour que le mal fonde sur nos âmes chrétiennes. Il n'y a pas de plus grand malheur que lorsque les plus candides d'entre nous se mettent à réfléchir avec leur burette. Quand un homme, jeune, succombe au péché de la chair, il n'a plus sa tête et ne sait plus où il va. La femme s'en empare, elle le concasse, le brise, le réduit en bouillie. Ce jeune homme, hier encore fort comme un bœuf, se trouve laminé. Il salive comme un veau devant l'arrière-train de la femelle, on ne le voit plus au café, il ne joue plus à la pétanque, ni aux cartes, il ne va plus à la chasse, il fuit la boisson et la rixe. Tout ce que le Seigneur nous a donné de beau et de bon, à nous les hommes, il le rejette. Le diable l'a serré contre son sein et l'a anéanti. C'est tout ce que j'avais à vous dire, mes enfants. Et à présent, je vais me coucher, et vous, faites comme bon vous semble.

CHAPITRE SIX

Où l'on prêche les bénéfices de la lecture, mais où l'on explique également qu'il ne faut pas croire tout ce qu'on lit. À la suite de quoi une femme tombe de haut, et une pizza fait l'objet d'un pari.

« Et qu'est-ce qu'on trouvera si on déplace les premières rangées ? – Si tu ne me crois pas, mon ami, regarde par toi-même. À ta place, je ne ferais rien sans transpalette, mais tu sais certainement mieux que moi ce que tu dois faire. »

Tard ce soir-là, sur la départementale près de Solin, pendant que Goran Ciboulette et Željko Klarić jouaient au plus malin, une Ford Escort noire sans immatriculation passa à côté du camion de légumes espagnols, longeant la file de voitures en direction de la ville, avec à son bord Branimir et Zvonimir partis sauver leur frère aîné. Il leur fallut plus de temps qu'à Krešimir, quatre semaines auparavant, pour trouver la rue, car ils n'étaient venus que deux ou trois fois à Split de toute leur vie. Il faisait presque nuit lorsque, dans le quartier de Sućidar, ils garèrent leur voiture sous les acacias en fleur devant l'immeuble de cinq étages.

– Ils sont certainement sortis, conclut Zvone après avoir sonné pendant dix minutes à la porte d'Ive et de Rosa.

Ils retournèrent dans la rue et s'assirent sur un banc en piteux état en face de l'immeuble. Ils réessayèrent en vain une heure plus tard, au cas où l'oncle et la tante auraient fait un saut chez un voisin Ils prirent donc la direction de la ville, mémorisant les carrefours, les maisons et le nom des rues pour pouvoir revenir.

En approchant du centre, ils rencontrèrent des groupes toujours plus nombreux de jeunes, bruyants et pomponnés, les cheveux luisants de gel, qui sortaient en ville. Branimir se permit même de s'adresser à une fille qui, le nez fièrement levé au ciel, faisait claquer ses hauts talons.

– On s'est bichonnée ? lui lança-t-il avec un clin d'œil.

Elle ne lui jeta pas même un regard, douchant ses espoirs.

Un instant plus tard, il retrouva une partie de sa dignité ébranlée lorsque deux filles sur des rollers passèrent à côté de lui et que l'une d'entre elles lui fourra un bout de papier vert entre les mains.

– Oh, merci ! Je t'appellerai ! lui lança-t-il en la regardant disparaître dans la foule derrière lui, sémillante sur ses patins. Elle m'a donné son numéro, dit fièrement Branimir à son frère.

– Laisse-moi voir, répondit Zvonimir.

– Tu plaisantes ?

– Allez, ne fais pas ta mijaurée, je ne vais pas l'appeler, je veux juste regarder.

Brane lui tendit à contrecœur le billet vert ; Zvone y jeta un coup d'œil et le lui rendit.

– Tu as reçu un bon d'achat pour carrelages et sanitaires.

– Tu me fais marcher !

– Tu as cinq pour cent de rabais si tu présentes ce coupon.

– Crotte de pute ! jura Branimir en jetant le billet après l'avoir froissé.

Ils s'arrêtèrent près d'un café avec un poste de télévision sur la terrasse. Ils suivirent le téléjournal, espérant en apprendre davantage sur l'enlèvement à la cathédrale. Mais la seule nouvelle ayant échappé à la vigilance de la police, qui dans l'intérêt de l'enquête avait pris la décision de restreindre l'accès aux informations, fut qu'un certain Mile S., quarante et un ans, militaire à la retraite, avait été entendu par les forces de l'ordre qui le soupçonnaient d'avoir participé à l'action terroriste. Traversant la Place centrale, les jumeaux rencontrèrent Slobodan Prosperov Novak[1], le saluant courtoisement.

– Bonsoir, dirent-ils.

– Bonsoir, répondit Slobodan Prosperov Novak d'un signe de tête.

Branimir et Zvonimir achetèrent des ćevapčići dans une minuscule gargote enfumée et s'installèrent près de la fontaine du parc pour les manger. Une jeune femme en legging tourna autour d'eux avant de leur faire une proposition inattendue :

– Les gars, ça vous dirait de baiser ?

– Non ! répondit Brane du tac au tac, reculant peureusement.

La fille s'éloigna, ne montrant en rien sa déception.

– Tu as vu comme les filles de Split sont ouvertes ? fit Branimir lorsqu'il fut remis de ses émotions.

– C'est une pute, expliqua Zvone entre deux bouchées.

– Tu rigoles !

– C'est comme je te dis.

– Comment tu sais tout ça ? se fâcha Branimir.

– Bah, je lis les journaux.

Ils vidèrent quatre bières sur les marches du péristyle, les yeux fixés sur la cathédrale, Zvonimir affirmant que les criminels retournent toujours sur les lieux de leur méfait. Ils finirent par se décourager autour des onze heures.

– Tu vois, on ne doit pas croire tout ce qu'on lit, lança Branimir, la mine réjouie.

Oncle Ive et tante Rosa n'étant toujours pas chez eux, les jumeaux retournèrent à la voiture, baissèrent les sièges et s'endormirent.

Ces deux fils de Zora et Jozo Aspic avaient été assurément les élèves les plus épouvantables de l'histoire de l'école

1. Écrivain et journaliste croate, né en 1951, ami de l'auteur (*NdT*).

primaire de Smiljevo. Tout petits déjà, en deuxième année, ils battaient les élèves de huitième de constitution chétive. En troisième, ils volèrent l'Opel Kadett de leur professeur de gymnastique et, vu leur manque d'expérience de conducteurs, lui firent terminer sa course dans le lac. En quatrième, on les soupçonna d'avoir pénétré dans l'école un vendredi soir, ouvert les robinets des toilettes et provoqué une inondation qui avait duré jusqu'au lundi suivant et détruit tous les parquets des classes du rez-de-chaussée. En cinquième, afin de rendre convaincante l'action « Rien ne doit nous prendre au dépourvu[1] », ils incendièrent la classe d'économie domestique et, quelques mois plus tard, tendirent une embuscade à de jeunes pionniers et leur dérobèrent le relais de la Jeunesse[2]. Ils s'amusèrent avec l'objet tout l'après-midi, alors que dans le centre de la commune plusieurs centaines de travailleurs et de citoyens, accompagnés du maire, de la fanfare, du chœur amateur, de la troupe folklorique et de récitants, attendaient en vain. Lorsqu'ils rapportèrent enfin le relais, celui-ci était tout sale et cabossé, comme si des chiens l'avaient mordu. Le conseil de classe avait alors, pour la première fois, évoqué le renvoi des jumeaux.

Celui-ci aurait certainement été prononcé une année plus tard lorsque explosèrent quatre tonnes de mazout, ne blessant heureusement que légèrement l'enseignante de musique et trois membres de l'ensemble rythmique « L'Hirondelle », si l'élève qui avait affirmé avoir vu Branimir et Zvonimir traîner autour du réservoir du chauffage central n'était mystérieusement revenu sur sa déclaration. Durant l'année scolaire 1988-1989, l'enquête sur la disparition des gouttières

1. Exercices de la jeunesse communiste yougoslave (pionniers) dans le cadre de la formation à la défense du pays (*NdT*).

2. Sous le règne du maréchal Tito (1892-1980), depuis 1945 et jusqu'en 1987, la Yougoslavie célébrait la Journée de la Jeunesse. Une course de relais gigantesque était organisée à travers tout le pays : plus de dix mille jeunes coureurs se passaient un relais qu'ils remettaient au terme de la course à Tito en personne dans un stade à Belgrade (*NdT*).

en cuivre ne donna aucun résultat, bien que les indices de la culpabilité des frères aient été très probants. Les jumeaux furent pris une seconde fois la main dans le sac en huitième année : on les surprit dans une centrale d'achat de matières premières alors qu'ils étaient sur le point de vendre le buste en bronze d'un héros du peuple qui avait donné son nom à leur école ; mais c'était déjà le temps où tout le monde se fichait des héros du peuple.

Le directeur de l'école affirme aujourd'hui encore n'avoir jamais été confronté à un tel sang-froid, ni à une telle absence de remords que lors de son premier tête-à-tête avec eux, pour l'affaire de l'Opel. Les Aspic ne pleuraient pas, ne suppliaient pas comme les autres garçons de leur âge. Mouillés et maculés de boue, les deux frères de neuf ans, renfrognés, les bras croisés, écoutèrent tranquillement son sermon courroucé, par lequel il s'efforça durant plus d'une heure de toucher leur conscience morale. Il pensait en son for intérieur que sa méthode pédagogique éprouvée, savant mélange de persuasion paternelle et de menaces démentielles, avait porté ses fruits. Les bras lui en tombèrent quand il demanda aux délinquants s'ils avaient quelque chose à ajouter, et que Branimir, désignant le paquet de cigarettes sur la table, lui lança :

– Tu me passes une sèche ?

À cause d'eux, le psychologue scolaire, alcoolique repenti, retomba dans l'enfer du brandy après six ans, onze mois et vingt-trois jours d'abstinence. L'enseignant d'histoire, un monstre devant lequel des générations d'élèves avaient tremblé de peur, et qui avait juré devant le portrait de Staline, dans le grenier de l'école, qu'il les remettrait dans le droit chemin, se couvrit le visage en plein cours et éclata en sanglots. La pire expérience fut sans doute vécue par l'assistant social qu'on avait envoyé chez les parents des délinquants en culottes courtes. Le malheureux fut retrouvé au bout de six jours de recherches. Les cheveux en bataille, sale et tout nu, il délirait à propos de criquets, de grenouilles et de premiers-nés, pendant que les policiers le poursuivaient à travers le pierrier. Après cet épisode, il entra dans les ordres et se fit bénédictin.

Branimir et Zvonimir rivalisaient pour inventer des saloperies. Les autorités scolaires étaient horrifiées par le fait que les méfaits qu'ils échafaudaient paraissaient l'œuvre d'un esprit collectif. Cette malveillance possédait des pouvoirs surnaturels : ils n'avaient besoin ni de paroles, ni de gestes, ni même de regards pour se comprendre. On pouvait les interroger ensemble ou séparément : leurs mensonges étaient identiques, dans le moindre et le plus incroyable détail.

Comme il arrive parfois avec les jumeaux, on aurait dit qu'ils vivaient une même existence dans deux corps distincts. La joie et la tristesse passaient de l'un à l'autre, comme l'eau dans des vases communicants. Le premier sentait-il qu'il avait faim, le second ouvrait le réfrigérateur. Ils avaient contracté les mêmes maladies infantiles en même temps : ils s'écroulaient simultanément dans leur lit, assommés, et en sortaient, en pleine forme, le même matin. Si on devait prendre leur température, il suffisait de glisser un thermomètre sous le bras de l'un d'eux. À treize ans, ils s'étaient cassé le bras au même endroit. Le médecin avait hurlé contre son assistant, l'obligeant à repasser une radio, pour finalement l'examiner personnellement une troisième fois. Le résultat était stupéfiant : les deux fractures étaient similaires, au millimètre près.

Centrés l'un sur l'autre, Brane et Zvone vivaient en une sorte d'autarcie : ils n'avaient besoin de qui que ce soit. Personne n'avait réellement pénétré leur fusionnement biologique, nulle relation humaine ne pouvait se comparer à l'intimité qu'ils ressentaient l'un envers l'autre. Même lors de leurs querelles et de leurs bagarres – et ils se querellaient et se bagarraient souvent –, un attachement sans faille régnait entre eux, excluant le reste du monde.

✢

Ils ouvrirent les yeux à sept heures et demie, observant avec incrédulité l'intérieur de la voiture qui baignait dans une lumière jaune, comme les nimbes des images saintes, avant de comprendre que le pare-brise était recouvert de tendres pétales d'acacia. Ils passèrent les mains dans leurs cheveux ébouriffés et remontèrent au quatrième étage. L'oncle et la tante n'étaient toujours pas là. Sans but précis, ils prirent la direction du centre-ville. Des cloches lointaines appelaient à la messe dominicale.

Branimir et Zvonimir pensaient avoir mieux saisi l'agencement des rues, mais une demi-heure plus tard ils ne savaient plus du tout où ils se trouvaient. Qui plus est, un passant leur apprit que leur représentation du Nord était biaisée de cent quatre-vingts degrés.

Ils prirent donc la direction opposée, sentant à nouveau qu'ils maîtrisaient l'espace. Tout leur était familier : ils pensèrent qu'il leur suffirait de continuer jusqu'au carrefour pour revenir dans la rue qu'ils avaient longée la veille. Mais ils se retrouvèrent dans un quartier inconnu de la ville, près d'un grand immeuble administratif tout en verre qu'ils n'avaient jamais vu auparavant.

Ils regardaient, désorientés, dans toutes les directions, quand une jeune fille, emmêlée dans une corde et un baudrier, un casque rouge sur la tête, tomba en criant sur le trottoir devant eux, dans un bruit métallique de mousquetons, répandant l'eau savonneuse d'un bidon en plastique.

– Bordel ! gémit la fille en se tenant la jambe gauche. Putain de Mère de Dieu ! Oh, salope demeurée, regarde ce que tu m'as fait ! lança-t-elle en se tordant de douleur. Je vais t'arracher les yeux, grosse vache pourrie ! hurla-t-elle, les yeux embués de larmes.

– Pardonne-moi ! Pardonne-moi, ma chérie ! cria quelqu'un depuis les hauteurs.

Effarés, Branimir et Zvonimir virent une seconde jeune fille, un casque bleu sur la tête, descendre agilement, comme une araignée, le long de la façade vitrée.

– Pardonne-moi ! Je n'ai pas fait exprès ! dit-elle en détachant la corde de son baudrier et en se précipitant vers la fille à terre.

– Tu l'as fait exprès ! dit la fille au casque rouge. Tu l'as fait exprès, espèce de vipère ! Chienne puante !

– D'accord, je l'ai fait exprès, mais je regrette ! consentit le casque bleu en s'agenouillant.

– Putasse ! murmura rageusement le casque rouge.

– Pardonne-moi ! supplia une nouvelle fois le casque bleu.

– Ça ne fait rien, dit l'autre d'un ton curieusement conciliant, avant d'éclater en remarquant les deux frères : Et vous, qu'est-ce que vous regardez, bande de débiles ?

Surpris, Brane et Zvone reculèrent de deux pas.

La fille au casque bleu essaya de soulever l'autre par les aisselles, mais celle-ci hurla aussitôt qu'elle posa le pied sur le trottoir, et elle s'assit par terre.

– Bon, les macaques, vous allez nous aider, oui ou non ? lança le casque bleu aux deux frères qui s'approchèrent sagement. Soulevez-lui les jambes, on l'emmène jusqu'à la voiture. On l'a parquée juste au coin.

– Non, laisse, dit Branimir en s'agenouillant, j'essaie autre chose.

– Fais pas le con, l'avertit la fille en voyant Brane tripoter sa cheville blessée. Ne me touche pas !

– N'aie pas peur, tout ira bien, répondit Branimir calmement, puis il se tourna vers son frère : Tiens-lui le genou. Fermement. Et ne lâche pas.

Zvone empoigna le genou de la blessée, appuya dessus de tout son poids, et Brane enleva la basket et la chaussette de la fille.

– Ne me touche pas, espèce de crétin ! lança celle-ci, paniquée, mais Branimir Aspic ne l'écoutait plus.

Il se pinça la langue entre les dents et, le regard dans le vague, palpa la cheville de la fille qui détourna le visage et se mit à geindre. Puis, d'un coup rapide, il tourna les orteils dans un sens et la cheville dans l'autre. La cheville claqua, émettant un bruit net, comme une clé dans une serrure. La fille au casque rouge ouvrit les yeux, effarée.

– Putain de merde ! jura-t-elle, enthousiasmée. Comment tu as fait ça ?

– Bah, on l'a fait souvent, dans le pierrier..., répondit Branimir, modeste.

– Ce type est incroyable, dit-elle à son amie. Je n'ai presque plus mal, ajouta-t-elle en bougeant le pied, émerveillée, comme si elle le voyait pour la première fois de sa vie.

Elle se leva, s'appuya prudemment sur son pied gauche et boitilla jusqu'au muret, quelques mètres plus loin.

Elle ôta son casque et se passa la main dans ses cheveux bruns qui lui arrivaient aux épaules.

– Je n'arrive pas à le croire, dit-elle à Branimir.

Celui-ci sourit modestement.

– Je m'appelle Mirta, ajouta-t-elle en lui tendant la main.

– Branimir, se présenta-t-il.

– Zvonimir, dit son frère à l'autre fille.

– Mirna, répondit celle-ci.

– Branimir, dit Brane à Mirna.

– Mirna.

– Mirta, dit la blessée à Zvone.

– Zvonimir, dit Zvone à la blessée, et tous rirent de ces présentations.

Puis Mirna ôta son casque, dévoilant des boucles rousses, et Mirta leva ses yeux vers la tour de verre qui reflétait les rayons du soleil matinal.

– J'ai eu de la chance, conclut-elle, avant d'expliquer à Brane et Zvone ce qui s'était passé, désignant son amie : Elle a voulu me tuer.

– Qui ça ?

– Elle, bon Dieu !

Mirna haussa les épaules, comme pour dire : « Ça arrive, ces choses-là. »

– Elle a compris que je fricotais avec son copain, elle est devenue folle, continua Mirta. Elle a sectionné ma corde.

Dis-moi, demanda-t-elle à son amie, quand as-tu compris que Joško et moi… ?

– Mirta, ma chérie, tu sais que ton visage te trahit toujours.

– Oui, c'est vrai, acquiesça Mirta. Mais vous savez, s'adressa-t-elle aux garçons, ce n'est pas une sainte, elle non plus. Oh, que non. Elle draguait mon ex. Pendant qu'on était ensemble, je précise.

– Tu as aussi essayé de la tuer ? demanda Zvonimir.

– Bien sûr.

– Ça nous arrive souvent, dit Mirna. Pour une raison inconnue, chaque fois que l'une d'entre nous a un copain, l'autre se met à trafiquer avec lui. Après, on regarde comment s'entre-tuer.

– Vous êtes jumelles ? demanda Branimir.

– Nous deux ? s'étonna Mirta.

– Nous ne sommes même pas sœurs, ajouta Mirna. On a fait des études d'infirmières, on s'est inscrites ensemble au cours d'escalade… On est devenues amies, on se balade dans les montagnes. Nettoyer les vitres, c'est pour l'argent de poche, le week-end, dit-elle en désignant l'immeuble de verre. C'est le pied de se retrouver sous une falaise de trente mètres de haut, et de grimper jusqu'au sommet.

– De la pure adrénaline, ajouta Mirta.

– Dans notre village, il y a une falaise de cent mètres de haut, fanfaronna Branimir.

– Allez ! Cent mètres !

– Bon, peut-être pas cent mètres, mais pas loin. Elle part à la verticale.

– On peut accéder au sommet par un petit chemin, mais l'un des côtés est vertical, expliqua Zvonimir.

– Ça se trouve où ?

Zvone regarda prudemment son frère pour savoir s'il fallait divulguer une information aussi importante à des inconnues. Brane réfléchit un instant, puis approuva en hochant discrètement la tête.

– À la Combe aux Aspics, dit Zvone.

– Jamais entendu parler, avoua Mirta. Ça vaudrait la peine d'aller voir si c'est comme tu dis.

– Tu ne saurais pas la trouver.

– Je ne saurais pas la trouver? se moqua Mirta. Allez, blanc-bec…

– Tu te perdrais dans les montagnes, l'avertit Branimir.

– Nous deux, on ne se perd jamais, lança Mirna fièrement.

– Ce n'est vraiment pas simple de venir chez nous.

– On parie combien que je trouverai ta… comment tu as dit? lança Mirta en lui tendant la main.

– La Combe aux Aspics.

– La Combe aux Aspics, répéta Mirta. On parie une pizza que je la trouverai.

Branimir hésita un instant, puis tendit la main.

– Tu vas perdre, ajouta Mirta.

« … Et c'est pourquoi nous appelons les membres du gouvernement à cesser de bafouer la dignité de ces hommes partis défendre leur pays, à cesser d'accuser les anciens combattants pour chaque crime commis… »

Une voix métallique sortie d'un mégaphone se faisait entendre au lointain, à peine audible, portée par le vent. Zvonimir tendit l'oreille.

– Il y a une manifestation devant le poste de police, dit Mirna en le voyant écouter. Ils ont arrêté un ancien combattant qui aurait soi-disant participé à l'attaque terroriste contre la cathédrale. Les invalides et les engagés volontaires protestent contre son arrestation.

Les deux frères se regardèrent, songeurs.

– Comme j'aimerais faire partie d'un groupe terroriste! soupira Mirna.

– Ah! Ce serait le pied! ajouta Mirta, enthousiaste.

– Je me ficherais pas mal de leurs objectifs, continua Mirna. Qu'ils soient islamistes, séparatistes, marxistes, palestiniens, juifs…

– Pourvu que ce soit le bordel, approuva Mirta.
– Machines infernales, murmura Mirna passionnément.
– Gaz innervants, ajouta Mirta lascivement.
– Lance-roquettes.
– Mitrailleuses.
– Mitraillettes.
– Pistolets.
– Enlèvements.
– Diversions.
– Attentats… Tu sais, dit Mirna, si tu veux te mettre avec mon mec, ce n'est pas un problème. Je pensais le quitter, de toute façon.
– Pour être franche, il ne m'attire plus vraiment, répondit Mirta. Tu as remarqué comme il est bête ?
– Con comme un balai, confirma Mirna.
« … Et nous, on vous pose la question : où étiez-vous, messieurs, quand notre patrie souffrait le martyre, quand nos… » continuait de hurler furieusement la voix dans le mégaphone.
– Les filles, on doit s'en aller, dit Brane aux grimpeuses.
– On a un truc à faire, ajouta Zvone.
– Vous ne voulez pas boire un verre avec nous ? s'étonna Mirta. Allez, venez, on vous doit bien ça.
– Ça ne fait rien, ce sera pour une autre fois.
Les jumeaux les saluèrent et prirent la direction du poste de police. Ils avaient fait une vingtaine de mètres lorsque Mirna les apostropha :
– Zvonimir !
Celui-ci se retourna.
– Non, pas toi, l'autre, comment tu t'appelles… Branimir ! corrigea-t-elle. Branimir, tu me paieras une pizza !
Branimir sourit timidement et lui fit un signe de la main. Puis les deux frères disparurent au coin de la rue.
– C'est quoi, une pizza ? demanda Branimir, perplexe.

+

Une cinquantaine de personnes s'étaient rassemblées devant le poste de police, majoritairement des hommes en survêtements clairs. Seule une poignée d'entre eux portaient des costumes noirs, se tenant droits, dignes et solennels, les mains croisées sur leur bas-ventre comme des joueurs de foot dans un mur. Une blonde maigrelette se tenait derrière un homme en chaise roulante, deux bonnes sœurs, debout à côté d'un prêtre chauve à la mine sombre, tenaient des bougies allumées. Au-dessus de la foule, des banderoles : « Nous n'abandonnerons pas nos martyrs ! – Sergent, tiens bon ! – Nous sommes tous Mile Skračić ! – Mile Skračić, un héros, pas un criminel ! » Des bannières appelaient même au renversement du pouvoir croate démocratiquement élu ; sur certaines on voyait le portrait, pâle et granuleux, d'un homme souriant, au béret de travers.

Branimir et Zvonimir se regardèrent, ayant reconnu l'homme à côté duquel Krešo avait posé sur la photo encadrée au-dessus du réfrigérateur de leur cuisine. Le visage sur les banderoles était un détail agrandi de cette photo.

– Réfléchissez bien, monsieur le président ! fulminait dans le porte-voix un gringalet aux cheveux gominés. Réfléchissez, mesdames et messieurs les députés et ministres ! Réfléchissez bien avant de rappeler sous les drapeaux le sergent Mile Skračić…

– Mile ! Mile ! Mile ! se mirent à scander les manifestants.

– Réfléchissez bien : qui sera là pour vous défendre quand vous, vous emprisonnez vos meilleurs soldats, comme si c'étaient des voleurs ou des assassins, quand vous les pourchassez comme des bêtes sauvages…

– C'est vrai !

– … quand vous les crucifiez comme les pharisiens ont crucifié le Christ, notre sauveur…

Ô mère Croatie, cesse de gémir, se mit à chanter quelqu'un d'une voix tremblante, peut-être pour interrompre l'orateur qui ne pouvait plus s'arrêter.

Ô mère Croatie, cesse de gémir, reprit la foule en chœur. *Un appel suffit pour tous nous faire venir.*

Une camionnette blanche de la télévision s'arrêta devant le poste de police ; en sortirent un reporter, un long micro jaune à la main, et un cameraman avec son appareil sur l'épaule. L'orateur au mégaphone se recoiffa en les voyant arriver, et les hommes en costume noir levèrent un peu plus le menton.

Le dos tourné aux manifestants, le journaliste se lança :

– Comme elles l'ont annoncé dans un communiqué tard hier soir, les associations d'anciens combattants se sont réunies ce matin à neuf heures devant le poste de police, ici à Split, pour manifester leur mécontentement suite à l'arrestation de Mile Skračić, invalide de guerre et volontaire de la guerre d'indépendance, maintes fois décoré. Pour rappel, Skračić est soupçonné de complicité dans l'intrusion, hier matin, d'un nombre pour l'instant inconnu d'individus masqués au mariage du chef de la police Goran Ciboulette. Les assaillants armés ont enlevé la fiancée de Ciboulette, et l'on soupçonne Skračić de les avoir aidés à prendre la fuite. Mais, comme nous l'avons appris de nos sources proches des milieux policiers, les forces de l'ordre ne disposent d'aucune preuve tangible à l'encontre de l'ancien sergent, opinion partagée par les associations d'anciens combattants qui affirment qu'il est question ici de la perpétuation de la politique de dénigrement à l'encontre...

Les propos du reporter furent étouffés par les cris et les applaudissements.

« Mile ! Mile ! Mile ! » s'exclamèrent les manifestants en apercevant l'ancien combattant accusé à tort, les cheveux ébouriffés, épuisé mais tout sourire, sortir du poste de police. Les deux bonnes sœurs se signèrent, remerciant le Ciel de cette heureuse issue. Triomphant, les bras levés, le sergent tapait dans la main des hommes en survêtement.

– Chers téléspectateurs, comme vous pouvez le constater, le sergent Skračić vient d'être libéré ! cria le reporter avec enthousiasme, s'efforçant de recouvrir de sa voix la clameur de la foule. Nous allons essayer de nous frayer un chemin jusqu'à lui pour recueillir sa version des faits… Monsieur Skračić, les forces de police vous ont retenu près de vingt-quatre heures pour vous interroger. Le public se demande pourquoi.

– C'est ce que je me demande, moi aussi ! s'emporta Mile. Ce que je peux dire, c'est qu'à l'automne 1991, lorsque je me suis engagé sous les drapeaux, j'étais loin d'imaginer que le pays pour lequel je me suis battu, pour lequel j'ai été blessé, me poursuivrait comme le pire des criminels. Alors que je suis innocent, on m'a arrêté, on a mené contre moi une campagne abjecte dans le seul but de diaboliser le martyre de nous tous qui avons pris la défense de notre patrie. Par bonheur, mes fidèles frères d'armes ne m'ont pas abandonné…

– Mile ! Mile ! Mile ! scanda la foule.

– … Ces hommes avec lesquels, en première ligne, j'ai partagé le bon comme le mauvais, continua le sergent, ces hommes se sont levés contre l'injustice qui me frappe. La seule chose que je puisse dire, c'est : merci à eux !

– Je dois quand même vous poser une question. La fiancée du chef Ciboulette a disparu, et vous niez être mêlé en quoi que ce soit à cet enlèvement ?

– Absolument. C'est ce que j'ai répété tout le temps de ma détention. J'ignore pourquoi on m'associe à cet acte inqualifiable, et je dois dire que cela me blesse. Je ne dirai qu'une chose en relation avec cette affaire, si vous le permettez.

– Je vous en prie.

– Si j'étais la femme de Goran Ciboulette, je me serais enfuie, moi aussi.

– Monsieur Skračić, je vous remercie.

– Merci à vous.

S'efforçant de passer inaperçus, les deux frères attendirent que le sergent embrasse ses amis, remercie le prêtre et les bonnes sœurs, et salue les représentants des partis politiques. Ce n'est que lorsque la foule se dispersa devant le poste de police et que le sergent se dirigea vers sa moto sur le parking que les jumeaux se hasardèrent à l'approcher.

– Eh, Mile ! le héla Zvonimir discrètement.

Mile sursauta et lui lança un regard sombre.

– Tout va bien, on est dans le même camp, dit Zvone. On est les frères de Krešo Aspic.

– De qui ?

– De Krešimir Aspic.

– Je ne sais pas de qui tu parles, ni ce que tu veux de moi, le coupa le sergent en enfourchant sa BMW noire.

– Krešo Aspic, vous avez servi dans la même unité, dit Branimir.

– Ça se peut, je ne m'en souviens pas. Beaucoup de monde est passé par notre unité, répondit Skračić, l'air indifférent, en faisant vrombir la moto.

– Krešo nous parlait de toi quand il revenait du terrain. On était des gosses à l'époque, on attendait avec impatience qu'il revienne à la maison pour nous raconter comment ça se passait. On vous connaît tous, de l'unité, par ses histoires. On nettoyait son fusil pendant qu'il nous parlait. Il avait une kalachnikov roumaine, un pistolet tchèque calibre 9 mm, et il avait toujours sur lui deux grenades à main.

– Et toi, continua Zvonimir, tu avais un M76, un fusil semi-automatique avec viseur calibre 7,9 mm, un Smith & Wesson Magnum 44 et un couteau de combat américain Bowie à lame inoxydable de quinze centimètres de long.

Le sergent éteignit son engin et leur jeta un regard amical.

– Vous auriez pu le dire tout de suite. Qu'est-ce que vous faites ici ?

– Nous sommes venus sauver notre frère.

– Pas la peine de le sauver, bande de débiles. Krešo est…

Mile s'interrompit en voyant Ciboulette les observer soupçonneusement à travers la fenêtre de son bureau.

– Je ne peux pas parler ici, chuchota Mile. Rendez-vous dans une heure devant le court numéro trois du club de tennis de Firule.

CHAPITRE SEPT

Où l'on engage une discussion à propos de la thèse de Schopenhauer affirmant le primat de la volonté sur l'esprit, puis l'on débat, dans une station-service, de la supériorité de la race blanche.

Derrière le grillage métallique, un père ambitieux hurlait sauvagement contre une fillette de cinq ans. Sur ses petites jambes, essoufflée, elle essayait de rattraper la balle que lui lançait son entraîneur.

– Tiens, tu vois? Bon sang! Quand ton père te dit: « Arrête la glace, Mirela », tu ne l'écoutes pas. Regarde-toi maintenant, grosse vache!

Branimir et Zvonimir observaient nerveusement les environs; cela faisait deux heures qu'ils avaient quitté le sergent devant le poste de police.

– Regarde ton cul! On ne peut pas jouer au tennis avec un cul pareil! Non, non, ma chérie. Si tu veux aller à Wimbledon, faut arrêter la pizza et la glace. On ne gagne pas Flushing Meadows au McDonald's! continuait le maniaque.

Les jumeaux étaient sur le point de lui donner deux baffes pour le faire taire lorsque Mile les surprit; s'approchant par-derrière, il chuchota prudemment:

– Eh, me voilà! Vous êtes sûrs qu'on ne vous a pas suivis?

Les Aspic n'avaient pas pensé à ce détail. Ils se retournèrent, honteux de leur négligence. En cet après-midi torride, il n'y avait pas beaucoup de monde au club de tennis:

le père et sa fille, un employé arrosant le terrain voisin, et deux hommes plutôt âgés de l'autre côté du club. Aucun d'entre eux ne donnait l'impression de vouloir espionner deux honnêtes citoyens. Le sergent les emmena au café, sous les pins.

– On a changé des choses, ici, dit Mile en regardant autour de lui.

La terrasse était équipée de sofas blancs comme neige. Y étaient affalés de jeunes clients qui buvaient à la paille de mystérieuses boissons aux couleurs vives.

– Alors, tu disais : où est Krešo ? demanda Branimir dès qu'ils posèrent les fesses sur le sofa, ne supportant plus la tension.

– Il est rentré à la maison.

– À la maison ?! s'exclama Zvone.

– Lui et sa femme…

– Sa femme ?! s'écria Brane.

– Vous n'avez aucune idée de ce qui se passe, vous deux, hein ? conclut Mile en allumant une cigarette à l'aide de son Zippo. Krešo s'est trouvé une femme, il l'a harponnée devant l'autel et…

– Vous désirez ? s'enquit le serveur apparu à l'instant.

– On boit un spritzer[1] ? demanda le sergent.

Sans attendre la réponse, il se tourna vers le serveur.

– On n'a pas de spritzer, monsieur, dit le garçon.

– Comment ça, vous n'avez pas de spritzer ?

– C'est un lounge bar.

– Quoi ?

– Un lounge bar.

– D'accord. Vous avez de la bière ?

– Désolé, nous n'avons pas de bière non plus.

– Qu'est-ce que vous avez ?

– Des cocktails.

– Mets trois cocktails, alors.

---

1. Boisson populaire dans les Balkans et les pays germaniques : mélange de vin blanc et d'eau gazeuse (*NdT*).

– Lequel désirez-vous ?

– N'importe lequel, bon Dieu, pourvu qu'il soit frais ! dit Mile sèchement.

Le garçon s'en alla. Mile l'observa jusqu'à ce qu'il disparaisse derrière le bar, s'étonnant de ces nouvelles pratiques hôtelières.

– Bon, qu'est-ce que vous faites ici, vous deux ? demanda-t-il aux jumeaux dès qu'ils se retrouvèrent tout seuls.

– À la télé, on a vu que c'était le bordel ; on est venus voir si on pouvait aider.

– Ce n'est pas le bordel, tout va bien, les calma Mile. Buvez votre verre, et retournez à la maison. Vous n'avez rien à faire ici.

Puis il soupira gaiement :

– À peine tu te débarrasses d'un Aspic, en voilà deux autres qui te tombent dessus !

– Et c'est qui, cette fille ? demanda Zvonimir.

– Lovorka, vous allez faire sa connaissance. Un avion de chasse. Si tu me demandes mon avis, votre frère n'aurait pas pu trouver mieux.

– Revers, revers, revers, Mirela ! Ton revers, bordel ! hurla de nouveau le cinglé derrière le grillage du court de tennis.

Le garçon apporta trois boissons verdâtres.

– C'est quoi, ça ? demanda Mile. Du liquide vaisselle ?

– Cocktail rhum blanc et limette, monsieur, dit le serveur en tiquant.

– Du rhum ? Chez nous, on met ça dans les gâteaux, remarqua Branimir.

– Monsieur, c'est sûrement le meilleur rhum du monde. Vingt-cinq ans d'âge.

– Vingt-cinq ans ? dit Mile. Mon garçon, s'il était aussi bon que tu le prétends, on l'aurait bu depuis longtemps.

– Si vous ne voulez pas…

– C'est bon, c'est bon, laisse, dit Mile.

Méfiants, ils burent une gorgée chacun : curieusement, la boisson verte leur plut.

– Les gars, admit le sergent, je trouve ça très bon.

– Que s'est-il passé dans l'église ? demanda Branimir.

– Du délire ! s'exalta Mile. Je ne vais rien vous raconter, Krešo le fera. C'était une action qui mériterait d'être étudiée à West Point.

– Et pour ce qui est d'oncle Ive et de tante Rosa ? demanda Zvonimir. Ils sont mêlés à tout ça ? Hier, toute la journée...

– Ne crains rien pour eux, ils sont en sécurité, le coupa le sergent. On les a mis en lieu sûr, le temps que ça se tasse.

Rassuré, Branimir voulut s'adosser au sofa, mais comme les coussins étaient à une cinquantaine de centimètres, il s'étala sur le siège.

– Dieu du Ciel, qu'est-ce que c'est que ça ?

– J'ai l'impression que ça doit être la coutume dans les lounge bars, remarqua Mile. Tu vois qu'ils boivent tous couchés.

– Bon Dieu ! Couché, je ne bois que des antibiotiques, s'énerva Brane.

– J'ai l'impression d'entendre Krešo, sourit Mile en vidant son verre de cocktail rhum-limette. On en boit un autre ?

– Non, on doit rentrer.

– Allez, ce n'est pas une affaire... Garçon ! cria le sergent. Trois autres liquides vaisselle !

Leur jetant un regard méprisant, l'auxiliaire de restauration saisit son shaker.

– C'est fini, les dessins animés, Mirela ! menaçait le père intraitable. Plus de dessins animés jusqu'à ce que tu améliores ton second service !

– Et toi ? interrogea Branimir. Tu as eu des ennuis avec la police ?

– Bah, lança Mile, flegmatique, ce fumier de Ciboulette veut frimer, mais il n'a aucune preuve. Aucun témoin. Aucune accusation, il n'a rien contre moi.

Le garçon posa trois cocktails sur la table. Mile lui dit :

– Je te paie tout de suite, on est pressés.

– Cinq cent dix.

– Quoi, cinq cent dix?

– Cinq cent dix kunas.

– Cinq cent dix kunas? répéta le sergent, effaré.

– Six fois quatre-vingt-cinq, expliqua le serveur simplement.

– Un liquide vaisselle coûte quatre-vingt-cinq kunas?

– C'est ça, monsieur.

– Tu te fous de la gueule de qui?

Le garçon ne broncha pas.

– J'ai passé trois années à me les geler dans les montagnes pour ça? lança le sergent en sortant son portefeuille. Cinq cent dix kunas! répéta-t-il, jetant l'argent sur la table. Saloperie de pays!

Le second cocktail passa moins bien que le premier. Ils échangèrent encore quelques paroles, puis se quittèrent bons amis, comme s'ils se connaissaient depuis des années.

– Eh bien, sergent, nous deux on s'en va, dit Zvonimir en se levant.

Mais à peine s'était-il levé qu'il chancela et se rassit sur le sofa.

– Alors? Tu as la tête qui tourne? demanda Branimir.

– On dirait bien! On boit ça comme du jus de fruit, mais ça cogne!

– C'est sucré, c'est traître, fit une voix joyeuse dans leur dos.

Zvonimir, Branimir et Mile se retournèrent pour voir à qui elle appartenait: c'était celle de Goran Ciboulette, le chef de la police. Un large sourire aux lèvres, il se tenait devant eux comme un chat qui vient d'avaler un canari.

– Comment tu vas, Mile, pisse-chien, crève-la-faim? le salua poétiquement Goran Ciboulette.

– Qu'est-ce que tu fais là? demanda Mile funestement.

– Bah, je passais...

– Comme tu es passé, tu n'as qu'à rentrer. Pourquoi tu me suis comme un chien?

– Pour dire la vérité, j'aimerais en savoir plus sur cette action qui mériterait d'être étudiée à West Point.

Le sergent blêmit, le chef de la police lui lança un clin d'œil.

– Qu'est-ce que tu disais? « Ce fumier de Ciboulette veut frimer. Il n'a aucune preuve, aucun témoin... »

– Tu parles de quoi?

– Ne joue pas au con. J'ai posé un micro, Mile, expliqua Ciboulette, le sourire aux lèvres. Un petit, tout petit micro.

– Comment?... Où ça?

Ciboulette jeta un regard sur le Zippo gravé du blason de la compagnie qui reposait sur la table, entre les verres. Mile comprit son erreur. Il saisit rageusement l'objet délateur et le lança à la figure du policier. Ce dernier esquiva adroitement, puis on entendit un bruit de verre brisé. Il s'agissait peut-être de la bouteille de rhum blanc cubain de vingt-cinq ans d'âge.

Branimir et Zvonimir remarquèrent alors une vingtaine d'individus en civil qui approchaient de tous côtés, menaçants. Deux voitures de police, gyrophares allumés et sirènes éteintes, glissèrent en silence dans la rue et s'arrêtèrent à côté de la terrasse.

– Je peux m'asseoir? demanda le chef de la police en s'installant à côté de Mile, dévisageant les jumeaux avec curiosité. Vous êtes donc les frères de ce criminel?

– Ne lui dites rien! lança le sergent.

– Mile, je n'ai plus besoin de toi, lui dit gentiment le policier. Rentre à la maison, ta femme t'attend.

– Ne lui dites rien, à ce fils de pute!

– Mile, au revoir, le salua Ciboulette.

Deux hommes de la troupe en civil qui entourait leur table empoignèrent brutalement le sergent par-derrière, chacun par un bras, et le traînèrent loin de Ciboulette et des deux Aspic.

– Courage, les enfants! Défendez-vous contre ce bâtard de poulet! Ne lui dites rien! Montrez-lui ce que c'est, les vrais Croates, à ce salopard serbo-communiste ! hurla Mile en se débattant.

Il lançait des coups de pied furieux autour de lui, renversa la table et brisa les verres. Finalement, voyant que sa résistance ne servait à rien, il entonna :

Celui qui, sur un roc, tisse sa postérité,
Ne verra pas son passé bâillonné.
Quiconque pense le contraire…

Complètement insonorisée, la petite pièce souterraine, au sol en béton, n'avait pas de fenêtre. Pas un bruit ne filtrait de l'extérieur. Sous la lumière blafarde d'une ampoule nue, Branimir et Zvonimir étaient attachés par des sangles de cuir à deux grandes chaises carrées vissées au sol. Ils étaient recouverts d'ecchymoses, la bouche et le nez en sang, s'étant vigoureusement opposés à leur arrestation. Ce n'est qu'une fois qu'on les eut attachés, et qu'ils ne purent plus bouger, que le chef Ciboulette renvoya ses collaborateurs et leur demanda de faire entrer le Docteur. Puis, d'un coin sombre de la pièce, il tira une chaise en bois qu'il enfourcha, et fixa ses prisonniers avec attention.

– Je suppose qu'il serait vain de vous frapper, de vous arroser d'eau froide, de vous torturer par le feu, l'électricité ou les sangsues, dit-il après les avoir longuement observés.

– Qui sait ? répondit Zvonimir aimablement. Tu ne sauras pas si tu n'essaies pas.

– Non. Vous êtes de la sale vermine endurcie… Si je me donnais la peine, j'y parviendrais certainement, mais ça prendrait du temps. Ce serait épuisant, et pour vous et pour moi. Ça n'aurait aucun sens… Ah, Docteur, salua-t-il un vieillard racorni, menu et tout sec, qui venait d'entrer avec une sacoche médicale à la main. On l'appelle « Docteur », expliqua-t-il aux Aspic. Il déteste qu'on l'appelle par son nom... Docteur, tu as tout ce qu'il te faut?

Le bossu grommela en hochant la tête, s'affairant autour de la table derrière le dos de Ciboulette. On entendit un bruissement, le tintement d'une éprouvette, puis une flamme bleue s'éleva en sifflant d'un bec Bunsen.

– En sa qualité de cadre compétent, le Docteur a été envoyé en formation au milieu des années soixante-dix à l'Académie de police du Chili, leur dit Ciboulette. Le premier de sa classe. Le président Augusto José Ramón Pinochet Ugarte en personne lui a présenté ses félicitations. Un bourreau de premier ordre. Il a suivi plusieurs séminaires en Corée du Nord, les Américains l'ont invité comme expert lors de l'installation de leur camp de Guantánamo. Il pourrait gagner beaucoup d'argent s'il décidait de partir, mais lui, que voulez-vous, ne peut pas vivre loin de Split. Il possède une petite barque dans le port de Matejuška, il va à la pêche, il élève des oiseaux. C'est un passionné de passereaux: depuis que sa femme est morte, c'est tout ce qui lui reste.

Ciboulette se pencha et leur confia à l'oreille:

– Il a fait passer ça pour un accident.

Le Docteur toussa de manière éloquente.

– Il m'a entendu, murmura Ciboulette en faisant une grimace amusée et en rentrant la tête dans les épaules. Mais trêve de plaisanterie. Pourquoi avons-nous besoin de lui? Savez-vous ce qu'est le trisulfate de magnésium tetrahydrobinitrochloryde?

– Tetra... comment? demanda Branimir.

– Trisulfate de magnésium tetrahydrobinitrochloryde.

– J'en ai entendu parler.

– Plus connu sous le nom de sérum de vérité, expliqua Ciboulette.

– Ah non, ce n'est pas ça, conclut Brane. Je pensais que tu parlais d'autre chose.

– Ça ne fait rien, répondit Ciboulette. Le trisulfate de magnésium tetrahydrobinitrochloryde possède la faculté extraordinaire d'abolir la volonté, et la volonté, comme le savent tous ceux qui ont lu Schopenhauer, est supérieure à l'intellect, elle est la maîtresse de l'homme. Le fondement de l'être humain. Ce qui s'oppose au cœur ne pénètre pas la tête, dirait Schopenhauer. Mais nous, on va lui faire la nique. On va contourner le cœur et aller droit à la tête. Avec quatre cents milligrammes de trisulfate de magnésium tetrahydrobinitrochloryde, votre conscience s'ouvrira comme un livre. Et moi, Goran Ciboulette, je serai votre maître ! siffla le chef de la police, euphorique. Vous répondrez à toutes mes questions, vous ferez tout ce que je vous ordonnerai de faire.

– Bon Dieu, tu es vraiment fêlé, dit Zvonimir, inquiet.

– Attends de voir, lança Ciboulette avec un sourire méchant. Tu verras bien qui est fêlé. Dans une heure, je saurai tout: où se trouve votre bandit de frère, et où il a emmené ma femme. Vous deux, vous me mènerez à lui. Vous me le présenterez sur un plateau... Ça vient, Docteur? demanda-t-il au tortionnaire.

– Encore vingt minutes, répondit le bossu d'une voix sifflante.

– Je dois terminer un truc pendant que tu travailles. Mets-les en condition avant que je revienne.

Ciboulette sorti, Branimir sentit que la sangle qui lui retenait le poignet gauche était légèrement relâchée. Regardant droit devant lui, il se mit à bouger la main, desserrant de plus en plus son étreinte.

Le vieux bossu, le dos tourné, s'occupait de sa solution. Soudain, Zvonimir gazouilla:

– *Tsipli, tsipli, tsipli, tsipli, visli, visli, visli, visli... viouu!*

Le bourreau se redressa vivement et se retourna.

– *Tsipli, tsipli, tsipli, tsipli, visli, visli, visli, visli... viouu!* gazouilla Zvone une deuxième fois.

Le bossu boitilla jusqu'à lui. Ce n'est que lorsqu'il passa sous l'ampoule qu'on put distinguer une vilaine cicatrice qui lui coupait le visage du sourcil droit jusqu'au menton.

– Encore une fois ! ordonna-t-il à Zvonimir.

– *Tsipli, tsipli, tsipli, tsipli, visli, visli, visli, visli... viouu !*

– Ooh ! s'exclama le bourreau. C'est un passereau. Attends, laisse-moi deviner, un passereau de cinq ans.

– Pas du tout. D'une année.

– Impossible !

– Je te jure ! dit Zvone.

– C'est à ne pas y croire ! lança le vieux, avant de se souvenir de la raison de sa présence.

Il menaça Zvonimir du doigt.

– Eh ! Tu pensais pouvoir me berner !

Il retourna dans son coin et retira l'éprouvette du feu, y versa de la poudre et examina le tout à la lumière de l'ampoule. Satisfait du résultat, il remplit deux grandes seringues du liquide turquoise.

– *Tsipli, tsipli, tsipli, tsipli, visli, visli, visli, visli, vintsi, vintsi, vintsi, vintsi... viouu !* le défia une nouvelle fois Zvonimir.

– Impossible ! murmura le Docteur, éberlué.

Il reposa sa préparation et revint vers le prisonnier.

– Une année, dis-tu ?

– Une année tout juste, mardi dernier.

– Répète voir.

– *Tsipli, tsipli, tsipli, tsipli, visli, visli, visli, visli, vintsi, vintsi, vintsi, vintsi... viouu !* siffla Zvone obligeamment.

Le bourreau de réputation internationale écarta ses lèvres en un sourire radieux, laissant apparaître de rares chicots jaunâtres.

– Un grand talent, conclut-il, épaté.

– Je n'en ai jamais rencontré de pareil, convint Zvonimir. La première fois que je l'ai entendu, j'en suis immédiatement tombé amoureux. Il a volé mon cœur, le petit imbécile.

– Ne me dis rien, ça m'est arrivé cent fois, lança le vieillard bossu, sentimental. Tu sais, quand je vois quel homme tu es, ça me peine que tu sois mon patient.

– Laisse-moi partir, alors, dit Zvonimir d'une voix suppliante.

– Je ne peux pas.
– Bien sûr que tu peux.
– Je ne peux pas, j'aurai des ennuis.
– Allez, Docteur, tu n'as qu'à dire qu'on s'est échappés.
– Garçon, tu entends ce que je te dis…, commença le vieux sur un ton d'excuse, puis soudain il se tut.

En plein milieu de sa phrase, Branimir lui avait décoché un crochet foudroyant en travers de l'œil. Il tomba raide sur le sol.

– Tu n'aurais pas dû, il nous aurait laissés filer, dit Zvonimir, ennuyé, en observant le vieillard assommé.
– C'est ça, répondit Branimir, libérant son autre main et détachant les sangles qui lui retenaient les jambes.

Au moment où il déliait la main droite de son frère se firent entendre des pas dans l'escalier. Branimir courut se cacher derrière la porte.

Ciboulette entra dans la pièce et vit le Docteur par terre, mais avant qu'il ne comprenne ce qui se passait, Brane l'empoigna par-derrière et se mit à lui frapper le visage. Le policier empâté était un adversaire plus sérieux que l'ornithologue décrépit: après plusieurs essais infructueux, il parvint à donner un coup de coude dans le ventre de Branimir. Ce dernier étouffa un cri et relâcha Ciboulette; par bonheur, Zvone était parvenu à se libérer et lui lança deux directs au visage. Goran Ciboulette chancela et s'écroula comme une poupée de chiffon, d'abord sur les genoux, puis le nez sur le béton.

✣

Une dizaine de minutes plus tard, il ouvrit les yeux et vit les deux Aspic au-dessus de lui.

– Si tu te sens bizarre, dit Zvonimir, c'est parce qu'on t'a donné une piqûre de ton tetra…
– Trisulfate de magnésium tetrahydrobinitrochloryde, balbutia Ciboulette.

– C’est ça. Tu n’as plus de volonté. Ta volonté nous appartient, et tu feras tout ce qu’on te dit. Tu as compris?

Ciboulette hocha la tête.

– Qui sont tes maîtres? demanda Zvonimir.

– Vous deux.

– Dis: Goran Ciboulette est une ordure, se mêla Branimir.

– Goran Ciboulette est une ordure, répéta Goran Ciboulette.

– Goran Ciboulette est une ordure, un maniaque, une saloperie et une mouchure.

– Goran Ciboulette est une ordure, un maniaque, une saloperie et une mouchure.

– Dis: Goran Ciboulette est une ordure, un maniaque, une saloperie et une mouchure, un bâtard et un âne, un chameau, une teigne, une vermine, et... et...

– ... une vermine et un crétin qui mange de la merde à la cuillère, intervint Branimir.

– ... une vermine et un crétin qui mange de la merde à la cuillère, répéta docilement le policier.

– Félicitations, conclut Zvonimir joyeusement. Écoute bien ce que tu dois faire. Pour éviter d’éveiller les soupçons, nous allons sortir avec toi. Si on te demande ce qui se passe, tu diras qu’on te mène à notre frère. Si quelqu’un te propose de l’aide, tu diras que ce n’est pas nécessaire. Tu as compris?

Ciboulette hocha la tête.

– On aura besoin d’une voiture, continua Zvone. Tu peux prendre une voiture?

– Bien sûr! lança Ciboulette.

– Alors on s’est compris. Lève-toi, on y va!

Ils soulevèrent le policier, lui glissèrent la chemise dans le pantalon, remirent sa cravate en place et le recoiffèrent, puis le suivirent dans l’escalier étroit et humide qui débouchait dans le couloir du poste de police.

– Chef, il faudrait signer le protocole..., criailla une femme à travers une porte entrouverte en le voyant passer.

– Tu me le donneras plus tard, la coupa Ciboulette.
– Chef..., lança un employé.
– Plus tard ! siffla Ciboulette.

Branimir et Zvonimir le suivaient nerveusement à un pas de distance, observant les agents assis dans les bureaux et qui, à la vue de leur supérieur et craignant sa fureur, retiraient aussitôt les pieds de la table. Ils étaient si nombreux que les Aspic n'auraient eu aucune chance en cas de problème. Par bonheur, le sérum de vérité au nom compliqué semblait fonctionner, et les agents, vraisemblablement en raison du caractère difficile de leur chef, n'avaient aucune envie de lui poser des questions. Arrivés devant le guichet d'entrée, Ciboulette demanda d'un ton sévère :

– Y a-t-il un véhicule de libre ?
– Le numéro trois, chef, est revenu il y a une demi-heure...
– Donne ! ordonna Ciboulette, et il prit la clé.

Une fois dehors, Zvonimir murmura, enthousiaste :

– Mille tonnerres, nous voilà sortis !

Ils suivirent le chef derrière l'immeuble jusqu'à une Škoda Octavia blanche, aux couleurs de la police.

– Une Škoda ? lança Zvonimir avec déception. Tu es chef de la police et tu n'as rien de mieux qu'une Škoda ? Eh, Ciboulette, tu es vraiment un raté, tire-toi donc une balle.

Le chef Ciboulette sortit son pistolet, l'arma et l'appuya contre sa tempe.

– Attends, on plaisantait ! l'arrêta Branimir au dernier instant. Donne-moi la clé.
– Laisse-moi conduire, supplia Zvonimir.
– Va chier, je me suis souvenu en premier.
– Donne, fais pas ton zouave.
– Attends, on va lui demander, dit Brane en se tournant vers Ciboulette. Dis : « C'est Branimir qui conduit. »
– C'est Branimir qui conduit, répéta Ciboulette.
– Le monsieur t'a tout dit, dit Branimir en haussant les épaules.
– C'est bon, c'est bon..., lança Zvone.

Les deux frères prirent place à l'avant, Goran Ciboulette à l'arrière. Devant l'hôpital, quelques gouttes de pluie commencèrent à tomber sur le pare-brise avant de se transformer, devant le centre commercial Prima 3, en une averse qui les aveugla. Branimir cafouilla avant de trouver les commandes de l'essuie-glace.

– Tu sais, avoua-t-il un peu plus tard, cette Škoda tient vraiment bien la route. Si on m'avait dit que les Tchèques savaient construire des voitures...

– Pourquoi tu ne dis rien, mon petit? demanda Zvone à Ciboulette.

– Bah, dit ce dernier timidement.

– Tu as quel âge?

– Quarante et un ans.

– Tu es marié?

– Dis pas de conneries, lança Branimir, tu sais bien qu'il n'est pas marié.

– Ah, oui, c'est vrai, se souvint Zvonimir. Et avec qui tu habites?

– Avec maman.

– Avec maman, répéta Zvone. Vous avez des enfants?

– Non.

– C'est dommage. Les enfants sont un grand bonheur.

Tous les trois se taisaient à présent, comme on se tait en voiture quand il pleut.

Vers la bretelle de Solin, Dieu sait pourquoi, Ciboulette déclara:

– Ma maman est serbe.

– Ta maman est serbe! dit Branimir, effaré. Comment ça t'est arrivé?

– Je ne sais pas, dit le chef tristement.

Ils bifurquèrent sur la bretelle, tournèrent vers Dugopolje et prirent la direction de l'autoroute.

– Goran, on n'a plus besoin de toi, on va te laisser rentrer à la maison, dit Zvonimir.

– D'accord.

– Ce n'est pas loin, une vingtaine de kilomètres. Tu peux aussi prendre le bus.

– Peut-être qu'une voiture s'arrêtera, ajouta Branimir en stoppant le véhicule.

– Pas de problème, j'irai à pied, tranquille, répondit le chef de la police en sortant de l'automobile.

À peine mit-il le pied dehors qu'il fut complètement trempé.

– Merci, les gars, dit-il aimablement en saluant les Aspic.

– Fais attention à toi, Goran, fit Brane, prévenant.

Ciboulette ferma la porte et les frères poursuivirent leur route. En le voyant disparaître dans le rétroviseur, tout recroquevillé dans la grisaille pluvieuse, Zvonimir conclut:

– Quel abruti, ce Schopenhauer!

✢

Aussi prestement qu'elle avait commencé, la pluie cessa une vingtaine de minutes plus tard. Le témoin d'essence s'alluma dans la Škoda, invitant les jumeaux à faire le plein. Branimir fit halte dans une station-service; Zvonimir avait envie d'un café. Ils parquèrent la voiture de police derrière le bâtiment pour ne pas éveiller les soupçons et entrèrent dans la cafétéria.

En plein milieu du désert caillouteux, ils s'installèrent au comptoir de ce témoignage de la civilisation tout en vitres; après les avoir servis, le garçon continua de regarder un film avec Denzel Washington sur la télévision au son éteint. Les yeux levés vers l'écran suspendu au plafond, il avait l'air d'un homme dialoguant avec la Vierge Marie. Son prénom, Milan, était inscrit sur une plaquette qu'il portait sur la poitrine. Mais personne ne s'en souciait, ni les jumeaux ni le couple âgé attablé près de la fenêtre.

Nul ne disait mot, chacun s'occupait de ses affaires, personne ne se retourna sur le groupe qui fit irruption dans le local, des hommes au crâne rasé, en jeans avec bretelles et t-shirts. L'un d'entre eux, avec son énorme ventre qui débordait du pantalon, s'arrêta au milieu du café, leva fièrement le bras droit, frappa les talons de ses bottes renforcées à bout métallique, et hurla :

– *Sieg heil !*

Les deux Aspic, le serveur et le couple ne réagirent pas à son salut. Seul Zvonimir jeta un coup d'œil désinvolte aux six skinheads qui s'installèrent à la table derrière eux. Le premier était petit et malingre, le deuxième avait les oreilles décollées et un nez proéminent, le troisième était édenté et avait le visage grêlé, le quatrième avait un œil qui disait merde à l'autre, le cinquième avait cent cinquante kilos, le dernier avait une jambe de neuf centimètres plus courte que l'autre. Ils s'affalèrent sur leurs chaises, allongèrent les jambes et écartèrent les bras, comme s'ils voulaient paraître plus grands qu'ils n'étaient ; le rachitique commanda six grandes bières.

– Un type qui habite en face de la mosquée me l'a raconté, dit le louchard, continuant manifestement une histoire commencée dans la voiture. Il les voit chaque jour se laver les pieds avant d'entrer.

– Dis pas de conneries !

– Je te jure ! Les muslims se mettent pieds nus en plein milieu de Zagreb pour se laver les panards !

– Pouah ! C'est dégueulasse, cracha le skin aux oreilles décollées. Ils viennent en Croatie se laver les pieds !

– Ces mecs qui se lavent les pieds, il faudrait tous les mettre dans un camp ! conclut laconiquement l'édenté.

– Et tous ces fumiers de pédés ! ajouta le maigrelet.

– Nettoyer la Croatie de toute cette merde ! renchérit Dumbo en se curant le nez.

– Je vous ai déjà raconté la fois où j'ai été attaqué par trois rabouins ? se vantait le bancal. Avec des couteaux. Comme ça ! Comme des sabres, je vous jure ! J'en envoie un au tapis avec mon pied, je cogne le deuxième au milieu du front, le troisième, je le mets KO d'un seul coup de genou dans les couilles, et je te fiche un coup de boule, et je t'arrache une oreille, et je…

– Regardez-moi cette gueule, l'interrompit le renflé en pointant Denzel Washington du doigt.

– Dégueulasse !

– C'est terrible, dit le louchard. Je ne peux pas regarder ça.

– Macaque, tu veux une banane ? lança Dumbo à la grande joie de toute la bande.

– Lave-toi le visage, espèce de crétin ! dit l'édenté, provoquant une deuxième salve de ricanements.

Seul le maigrichon, le leader et idéologue de la bande, se pinça les lèvres, balançant ses courtes jambes sous sa chaise.

– Garçon, s'adressa-t-il au serveur, retire-moi ça sinon je m'énerve.

Ce dernier prit la télécommande pour changer de programme, mais fut interrompu par la dame assise près de la fenêtre.

– Laissez, je regarde, le défia la petite bonne femme aux cheveux roux.

Le serveur resta le bras en l'air, et les six skinheads se retournèrent, stupéfaits.

– Chaton, murmura son mari, un petit homme portant moustache et barbiche, les cheveux gris lissés en arrière.

– Quoi ?! s'écria sa femme. Je suis en train de regarder le film, mentit-elle.

– Qu'est-ce que ça signifie ? demanda le type aux oreilles décollées. Madame aime les Noirs ?

– Tu en pinces pour les Nègres, c'est ça ? ajouta son camarade à trois dents.

– Chaton, railla le maigrichon.

– Oui, il me plaît bien, dit la femme crânement en désignant le téléviseur. Il est cent fois plus beau que toi !

– Ma chérie, supplia son mari.

– Ne m'interromps pas ! se fâcha-t-elle, puis elle examina les tondus un par un. Il est plus beau que toi, et que toi, et que toi… Il est beau comme un dieu. Un vrai mec. Un type comme on les aime. Toutes les femmes aimeraient l'avoir, ce qu'on ne peut pas dire de vous. Vous vous êtes vus dans un miroir, bande de poux ? Pauvres dégénérés ! Vous crèverez sous votre haine.

La petite bonne femme s'empourprait d'une rage incontrôlée. Quand elle eut terminé, un silence de mort s'abattit sur le café. Oreilles décollées se leva sans dire un mot et se campa devant la table, menaçant, suivi du gros et du grêlé. Le mari murmura, dépité :

– Et merde.

Le gros skinhead ricana devant lui, puis l'empoigna par le col de la chemise et le souleva de sa chaise.

– Elle bavasse un peu trop, ta mémé.

– Ta femme ne devrait pas autant jacasser, chéri. Elle va te foutre dans la merde, ajouta l'édenté, d'un air faussement édifiant, tout sourire, puis il souleva la table et la renversa. Tous dans le café sursautèrent lorsque le métal, la porcelaine et le verre s'écrasèrent sur le sol carrelé.

Zvonimir et Branimir, qui jusque-là n'avaient pas bougé du comptoir, évitant de se mêler à la dispute, se regardèrent en silence.

– Quelle merde ! dit Zvone.

– Une vraie merde, ajouta Brane en se levant.

Il marcha vers le chauve ventru et lui tapota l'épaule. Ce dernier se retourna, lâchant le vieillard, et Brane lui décocha une telle baffe qu'il tituba quelques pas en arrière avant de tomber sur le cul par-dessus un présentoir d'huile de moteur.

– Putain ! s'écria le claudicant en se levant, mais ce fut tout ce qu'il put dire, car Zvone lui écrasa une bouteille de liqueur sur le crâne.

Brane empoigna Dumbo par les oreilles et lui décocha un terrible coup de boule, l'envoyant au sol. Le bigleux s'apprêtait à frapper Zvone du pied quand ce dernier l'empoigna par le talon et le fit tomber, le temps de calmer le grêlé de deux directs qui le projetèrent contre la vitrine à sandwiches.

Le gros se leva du tas de bouteilles d'huile moteur et s'élança, tête la première, tel un bouc, en direction de Branimir. Celui-ci s'écarta et le rebondi, emporté par son inertie, traversa toute la pièce pour s'écraser contre un riche présentoir d'amuse-gueule. Zvonimir souleva une chaise et la fracassa sur la tête du bigleux, puis, avec le même accessoire, il fit l'affaire du grêlé. Il lui enfonça le dossier dans le ventre et l'acheva d'un coup sur la nuque alors que ce dernier se repliait de douleur.

Le gros se remit sur ses pieds et les bras écartés, avec un mugissement sauvage, il s'élança en direction de Brane. Celui-ci l'arrêta d'un crochet du droit soigneusement senti. Le gras-double roula jusqu'à la gondole de pneus. Il se souleva péniblement sur les bras, semblant vouloir se relever une troisième fois, mais finalement s'écroula, défait.

Les skinheads, molestés et en sang, étaient couchés au milieu des débris de verre et des meubles renversés. Toujours conscients, le bigleux rampait vers la sortie, Dumbo se tenait le nez en pleurant, le grêlé gémissait à mi-voix, alors que le bancroche et le gros naviguaient sur l'infini océan des rêves.

– Un, deux, trois..., compta Zvone.

– Quatre, cinq..., ajouta Brane.

Ils se lancèrent un regard interrogateur: il en manquait un. Milan, le garçon, leur fournit la réponse:

– Le maigrichon s'est caché aux toilettes.

– Laisse-le-moi, supplia Zvonimir.

– Non, dit Branimir, tu sais que je les aime quand ils sont tout petits.

– Allez, on y va ensemble.

Un instant plus tard, depuis les cabinets de la station-service, on put entendre les cris d'enfant, les hurlements et les gémissements de l'idéologue d'extrême droite, puis quelques coups sourds et, finalement, un bruit retentissant.

Quand les jumeaux sortirent des W.-C., Branimir avait le pantalon mouillé.

– Un pissoir est hors-service, dit-il au garçon.

– Qu'est-ce qu'on vous doit? demanda Zvonimir.

– Rien, c'est la maison qui offre, répondit le serveur obligeamment.

Les deux frères se dirigèrent vers la porte sous les regards admirateurs de la petite bonne femme et de son mari à barbichette.

– Bien joué, les gars!

Branimir et Zvonimir hochèrent la tête en silence.

– Tu vois qu'il y a encore des jeunes bien élevés, dit la rousse à son mari lorsque la porte de la station-service se ferma sur les Aspic.

✣

Dans le silence du crépuscule, la Combe aux Aspics résonna du hurlement sauvage des sirènes, surprenant tout le monde. Domagoj et son père n'avaient même pas eu le temps de s'emparer de leurs armes. Une voiture de police s'arrêta devant la maison, en sortirent les jumeaux tout sourire.

– Ha! On vous a bien eus! s'écria Zvone.

– Vous avez de la chance que je vous aie reconnus, lança Jozo d'un ton bourru, sinon j'aurais mitraillé votre pare-brise.

– Tu n'as reconnu personne. Tu t'es chié dessus! Ça va, frérot? lança Zvonimir à Domagoj.

Celui-ci était tellement ému de revoir ses frères qu'il faillit éclater en sanglots.

– Vous êtes arrivés, dit Krešimir, qui était sorti en caleçon sur le balcon.

– Eh! le salua Branimir.

Lovorka se tenait derrière son mari, enveloppée dans un drap. Intimidée, elle fit un signe de la main à son beau-frère.

– C'est quoi, cette Škoda? demanda le père.

– Une Škoda de la police. Elle est pas mal.

– Elle tient bien la route.

– Et où est ma Ford ?

– Allez, tu n'as pas besoin de voiture, de toute façon tu ne vas jamais nulle part, lui dit Zvonimir.

CHAPITRE HUIT

Où l'on donne de précieux conseils sur l'aménagement intérieur. On y évoque le mystère de la disparition de draps, le premier jaune avec de petites fleurs bleues, le second rose à pois blancs.

Les objets dans la chambre émergeaient dans la lumière blafarde de l'aube quand Lovorka se réveilla. Elle fut surprise par le silence, l'absence de tout bruit dans ce désert montagneux. Dans un premier temps, elle ne put se souvenir de l'endroit où elle se trouvait, puis elle eut conscience, sur sa poitrine, d'une main d'homme avec une alliance au doigt, et tout lui revint. Elle souleva cette main lourde et inerte, la colla contre sa paume, la porta à son nez pour la sentir, en caressa sa joue, déposa des baisers sur le bout des doigts. Elle eut l'impression que toute sa vie n'avait été qu'un long rêve pénible, que l'attente de cette aurore. C'était ça, la réalité à laquelle elle appartenait et dans laquelle elle était heureuse.

Elle se libéra doucement de l'étreinte, se leva et enfila sa culotte et une robe de coton toute simple que Krešimir avait dénichée dans les affaires de sa mère. Elle chaussa ses pantoufles, traversa la maison ensommeillée et sortit dans le jardin. Le père de Krešimir liait des pieds de tomates à des tuteurs en frêne.

– Bonjour, lui lança-t-elle.

Le vieux ne leva pas la tête.

– Vous avez besoin d'aide? demanda Lovorka, pensant que son beau-père ne l'avait pas entendue, mais celui-ci continua son travail, comme si elle n'existait pas.

Elle demeura immobile un instant, se demandant ce qu'elle devait faire, puis se mit à explorer les alentours. Elle progressa prudemment à travers le pierrier dans ses chaussons inadaptés, sa robe s'accrochant aux mûriers sauvages, et parcourut en peu de temps ce bout de village où seule la maison blanche était habitée. Elle inspectait avec curiosité les étables en ruine, guignait à travers les vitres sales des maisons abandonnées, pleines de toiles d'araignées, aux sols en bois vermoulu, avec, çà et là, quelque tabouret usé. Sa grand-mère, à Nerežišća sur l'île de Brač, avait vécu jusqu'à sa mort dans une telle demeure, avec le grand lit surélevé, et la branche d'olivier coincée dans le cadre d'une image sainte. Elle avait le même évier de marbre blanc et le même poêle crasseux dans sa cuisine minuscule.

Lovorka aperçut soudain, émerveillée, au pied du mur de la maison, dans un petit trou dans la terre, deux œufs de poule bruns. Elle se dit que ce pouvait être un heureux présage. Elle les prit dans ses mains, ils étaient encore chauds. Elle leva la tête, sentant qu'on la regardait. Effectivement, Krešo se tenait en slip sur le balcon et lui souriait.

– J'ai trouvé deux œufs! lui cria-t-elle en lui montrant sa trouvaille. Habille-toi, on va manger.

Elle prépara deux œufs au plat, les déposa sur des assiettes; ils les avalèrent sans pain, car dans toute la cuisine elle n'avait rien trouvé, excepté une quantité invraisemblable de paquets de farine de maïs. Tous les deux avaient encore faim après ce repas frugal, mais ils n'en laissèrent rien paraître. Elle l'embrassa et lui essuya de la main ses lèvres recouvertes de graisse.

– Je voudrais prendre la voiture pour aller acheter des habits, je n'ai rien à me mettre. Et puis, ce serait bien de faire des courses.

– La clé est sur le frigo.

– Bien…, dit Lovorka, puis elle s'arrêta, gênée. Et, euh…, hésita-t-elle. J'aurais besoin d'un peu d'argent… Si tu en as…

Krešimir se leva et sortit de l'armoire une boîte en métal jaune, toute bosselée et rouillée dans les coins, avec un dessin de voilier, une de celles dans lesquelles on gardait, à l'époque, trois kilos de café, et la posa sans un mot devant Lovorka. Celle-ci l'ouvrit et constata, effarée, qu'elle était pleine à ras bord de liasses serrées par des élastiques, des euros, des kunas, des dollars américains et canadiens, des livres sterling, des francs suisses, des yens chinois…

– Nom d'un chien, murmura-t-elle. Qu'est-ce que vous faites ?

– Si je te le dis, je serai obligé de te tuer, lui répondit Krešimir en allumant une cigarette.

– Dis-moi seulement que ce n'est pas de l'argent de la drogue.

– Non.

– Vous n'êtes pas des assassins ?

– Non.

– D'accord, je me fiche du reste. Combien puis-je en prendre ?

– Tout ce dont tu as besoin.

Lovorka continua de fixer l'argent quelques secondes, puis elle sourit.

– Je prends tout, lança-t-elle sans savoir pourquoi.

– Prends tout.

– Espèce de fou, tu me donnerais tout l'argent ?

– Ça, dit Krešimir en montrant la boîte, ce n'est rien par rapport à ce que je voudrais te donner.

– Tu n'es pas très futé, dit-elle, émue.

– Je sais. Ma maîtresse d'école me disait la même chose.

– Pauvre femme, conclut Lovorka en le regardant amoureusement.

Puis elle se souvint d'une chose.

– Un peu plus bas, à gauche, il y a une petite maison avec un grand trou au milieu du toit, c'est aussi à vous ?

– Mmm, répondit-il. C'est à l'oncle Nikola. Il était médecin à Zagreb, il est mort il y a trois ans.

– Ses enfants ne viennent jamais ici ?

– Il n'avait pas d'enfants, il est mort tout seul, comme un chien.

– Ça ne dérangerait donc personne si nous nous y installions tous les deux ?

– Je n'ai pas envie de vivre dans une maison avec un trou au milieu du toit, remarqua Krešimir.

– Si ce n'est que ça, ne t'inquiète pas, dit Lovorka en lui tapotant le bras.

✢

Krešimir se souvenait à peine de son oncle. Une vieille haine flambait entre lui et le père de Krešo. Dans sa mémoire ne demeurait que la vision floue des deux frères, deux hommes de petite taille, un paysan et un médecin oncologue : chacun sur son tas de pierres, tout rouges, les veines du cou saillantes, s'invectivant et proférant des malédictions à travers la combe.

– Puissent tes yeux suinter et les vers te bouffer ! criait Jozo de son coin.

– Puisses-tu crever d'un carcinome macrocellulaire des poumons, hurlait Nikola de l'autre côté, avec des métastases au cerveau et au médiastin !

Il conduisait une Renault 18 blanche – la seule chose que Krešimir gardait en mémoire, c'étaient les voitures. Une fois parti, jamais il n'était revenu dans ces montagnes. Il avait laissé derrière lui une maison de deux pièces et cuisine, qui était depuis tombée en ruine, mais qu'il y avait longtemps, à une époque où Krešo n'était pas encore né, Nikola avait crânement décidé de rénover. Dans la plus petite des chambres – à l'époque, c'était considéré comme un luxe inouï suscitant la raillerie –, il avait même installé une salle de bains.

Ses efforts pourrissaient depuis quarante ans sous la pluie, le vent et la neige. Alors que Krešimir et ses frères étaient encore enfants, rien ne mettait leur père davantage hors de lui que lorsqu'ils entraient dans la maison d'oncle Nikola: alors, il les battait sauvagement. La maison était un lieu interdit, maudit, marqué du sceau d'une haine incompréhensible.

– Papa, pourquoi tu ne parles pas avec oncle Nikola? avait demandé l'un de ses fils plusieurs années auparavant, en une rare occasion où Jozo s'était montré de bonne humeur.

Le père s'était renfrogné.

– Tue-moi si je m'en souviens, avait-il avoué.

Bien qu'ignorant la raison de leur différend et malgré le fait que l'oncle fût décédé, Krešo savait que son père sortirait de ses gonds en apprenant que son fils et sa belle-fille songeaient à s'installer dans cette maison. Pour être honnête, après avoir inspecté les lieux, lui-même doutait que ce fût une bonne idée. On voyait le ciel à travers le trou dans le toit, d'un bon mètre et demi de diamètre, qui avait détrempé le plafond de la salle de bains. Un bout de poutre et des planches pourries transperçaient le plâtre qui s'était effondré sur la baignoire, la cuvette et le lavabo; il distinguait à peine son visage dans le miroir ébréché. Mais, à sa grande stupéfaction, lorsqu'il parvint à ouvrir le robinet rouillé, il entendit d'abord un gargouillis métallique avant de constater que l'eau coulait bel et bien, boueuse au début, puis de plus en plus claire et fraîche.

Après avoir tourné les interrupteurs de bakélite dans toutes les pièces, il constata que l'électricité ne fonctionnait pas. Un vieux frigo hors d'usage occupait le coin de la cuisine. Il frappa l'armoire du bout du pied, provoquant la retraite paniquée d'une armée de vermine. De leurs toiles, deux araignées avaient partagé à parts égales l'évier de la cuisine, à la première le côté gauche, à la seconde le droit.

Il trouva dans l'armoire de la chambre à coucher un manteau en laine mangé par les mites, ainsi que du linge de lit jauni, rangé avec soin, avec un monogramme brodé dont la calligraphie sinueuse ne lui disait rien. Sur le mur était accroché un tableau poussiéreux représentant la Sainte Famille. Le lit conjugal était démonté et rangé contre le mur ; il lui sembla qu'aucune pièce ne manquait. Il sentit soudain une discrète odeur de pourriture. Il fit le tour de la pièce et, dans un renfoncement entre le mur et la commode, il découvrit le cadavre tout sec et décomposé d'un renard roulé en boule. Supposant que cela mettrait son épouse mal à l'aise, il jeta la dépouille loin dans le pierrier et ouvrit les fenêtres pour aérer juste à temps la maison cinq minutes avant le retour de Lovorka.

Elle s'était absentée pas moins de trois heures, et arrivait avec une voiture pleine à craquer, à tel point qu'elle avait dû conduire le nez collé au volant. C'était la première fois de sa vie que Krešimir voyait quelqu'un acheter autant de choses en si peu de temps. Elle sortit du véhicule le sourire aux lèvres, haussant les épaules, l'air de s'excuser, dans un pantalon neuf et un t-shirt blanc. Bien que sa nature le poussât à sortir de ses gonds dans ce genre de situations, Krešimir oublia tout en voyant ses tétons pointer sous le tissu.

Tous les habitants de la Combe aux Aspics regardèrent, ahuris, ces deux-là extraire les sacs de la voiture et les emporter dans la maison maudite. Lovorka avait acheté de la nourriture, des habits, des chaussures, des draps, des rideaux et des tapis, des cosmétiques et du détergent, des ustensiles de nettoyage, de la vaisselle et même un réchaud à gaz. Heureux comme un enfant, Krešo ouvrait les paquets de linge, de slips pour homme et pour femme, de blouses et de chemises, de chaussettes, de pantalons, de robes, de maillots et de pull-overs, de survêtements, de baskets, de chaussures et de sandales. Puis de la viande, fraîche et séchée, du veau, du poulet, des petits pois surgelés, des cornichons, des œufs, de l'huile, du sucre, des biscuits, des pommes de terre, des pâtes, du riz, des épices, de la glace. Cela faisait vingt ans qu'il n'avait pas mangé de glace.

– Il faudrait mettre tout ça dans le frigo, dit-elle en regardant, désarmée, l'épave contre le mur. Tu connais quelqu'un qui sait y faire en électricité ?

– Eh ! dit Krešo d'un air détaché.

Vingt minutes plus tard, les deux employés de l'Intercommunale d'électricité marchaient prudemment sur les tuiles précaires du toit de la maison de feu Nikola.

– Un autre branchement illégal, murmura, scandalisé, Nenad à Ratko. Je note tout, il y aura du grabuge, c'est moi qui te le dis, quarante ans de prison pour chacun.

– Silence là-haut ! ordonna Krešo avant de rentrer dans la maison.

– Ces percepteurs, lui demanda sa femme, vous êtes obligés de les séquestrer ? Pourquoi vous ne les laissez pas rentrer chez eux ?

– Ne me demande rien. Si ça ne tenait qu'à moi, je les laisserais partir. Mais après tout ce que j'ai fait au père, c'est impossible.

Lovorka lui jeta un regard glacial.

– Je ne peux pas, répéta-t-il, imperturbable. Pas maintenant. Peut-être dans quelque temps, mais pas maintenant.

Elle soupira, haussa les épaules et retourna vaquer à ses affaires. Il l'observa nettoyer l'armoire et ranger les courses. Puis elle lui mit un balai entre les mains et l'envoya dans la chambre, sans même remarquer son désarroi. Le fils aîné de Jozo Aspic n'avait jamais tenu un balai de sa vie ; bien qu'il craignît de ne pas savoir l'utiliser, ses doutes se dissipèrent quelques instants plus tard. Cela lui plut, même : il fut empli d'une mystérieuse satisfaction à la vue des planches qui apparaissaient sous la couche de poussière, du moins jusqu'à l'arrivée de Zvonimir et Branimir. Il fut arraché à son nettoyage consciencieux par une remarque sarcastique :

– Quel merveilleux garçon ! dit Zvone d'une voix mielleuse.

– Jeune homme, quand vous aurez fini, pourriez-vous nettoyer ma maison ? ajouta Brane.

Trois secondes plus tard, le premier se tenait l'oreille, le second, la tête penchée en arrière, s'efforçait d'arrêter le sang qui lui coulait du nez.

Au moment où il terminait de balayer la chambre, Lovorka finissait de nettoyer la cuisine. Elle apparut à la porte avec un seau en plastique orange rempli de mousse, et deux brosses. Tous deux s'agenouillèrent et se mirent à récurer le sol.

– Qu'est-ce que tu reluques ? lança Lovorka en le voyant scruter ses seins qui se balançaient sous son t-shirt.

– Quoi ? fit Krešo, feignant l'étonnement.

– Allez, allez, ne fais pas l'innocent, lui dit-elle en lui jetant un clin d'œil et en repoussant une mèche sur son front.

Soudain, la chambre fut illuminée par l'ampoule électrique et le vieux frigo ronronna dans la cuisine.

– Hourra ! cria-t-elle en levant les bras.

Puis elle alla à la cuisine ranger la nourriture et préparer le déjeuner.

Ils mangèrent des côtelettes de veau et des pommes de terre sautées. Quand ils eurent terminé, elle débarrassa la table et, sans un mot, s'approcha et l'enfourcha. La chaise délabrée craquait dangereusement sous leur poids pendant qu'ils s'embrassaient et se caressaient. Krešo se jetait sur elle comme un forcené, et il fut difficile de le motiver à continuer le travail. Mais sa femme fut inflexible. Elle l'envoya dans le jardin secouer le vieux matelas de laine et les couvertures, puis ranger le linge de lit, tandis qu'elle se consacrait au nettoyage de la salle de bains. Tard dans l'après-midi, elle déclara solennellement :

– Je viens de faire mon premier pipi dans notre cuvette.

– N'oublie pas de m'avertir quand tu feras ton premier caca, lui lança son mari en s'asseyant prudemment sur le lit qu'il venait d'assembler. Sautant plusieurs fois sur son derrière pour éprouver la solidité des ressorts, il fut envahi par des pensées licencieuses.

– Lovorka !

– Oui ? lança-t-elle depuis la salle de bains.

– Viens voir par ici.

– Même pas en rêve.

Il alla jeter un coup d'œil à la salle de bains et en resta bouche bée : comme dans une publicité pour un produit de nettoyage miracle, la pièce était métamorphosée. La baignoire en émail et le robinet chromé reluisaient comme des miroirs. Un savon tout neuf était posé sur le lavabo, des linges propres suspendus juste à côté. Le matin même, sous la couche de saleté, il n'avait pas remarqué les petites roses qui couvraient le carrelage. Tout était parfait. Sauf, bien sûr, l'énorme trou dans le toit.

Lovorka apporta ensuite des linges de lit neufs. Ils changèrent les taies d'oreiller, tendirent les draps en se jetant des regards polissons, puis rangèrent les habits dans l'armoire et la commode. La journée tirant à sa fin, Lovorka déclara qu'ils en avaient suffisamment fait et elle alla préparer des sandwiches.

Une nuit de mai, tiède et bleutée, s'abattit sur la Combe aux Aspics. Lovorka alla prendre une douche. Dans la maison de Jozo, plus haut, Branimir et Zvonimir étaient sortis sur le balcon. Appuyés contre la balustrade du balcon, ils fumaient une cigarette. De là, ils pouvaient voir le trou illuminé dans le toit de la maison de leur oncle Nikola et, à travers, leur belle-sœur nue qui se savonnait et se lavait à grande eau.

– Il va pleuvoir demain, remarqua Zvonimir.

– C'est possible, répondit Branimir.

– Ce n'est pas sûr, hésita Zvonimir.

– On ne sait jamais, dit Branimir en ravalant sa salive.

– Je n'aimerais pas qu'il pleuve, poursuivit Zvone.

– Moi non plus, acquiesça Brane.

– S'il doit pleuvoir, il pleuvra. On n'y peut rien, nous autres.

– Tu l'as dit.

Cette agréable discussion sur les conditions météorologiques des deux fils de Jozo Aspic fut, à leur grand regret, de trop courte durée. Le lendemain, ce fut Krešo qui alla faire les courses. Il revint à midi, la voiture remplie de matériel de construction. Jusqu'au soir, il démonta le vieux plafond et y ajusta des plaques de plâtre. Le jour d'après, il remplaça les poutres délabrées par des neuves et posa des tuiles sur le toit. Sa femme et lui recouvrirent ensuite le sol de papier journal, protégèrent les meubles et rafraîchirent les murs. Ils peignirent les portes en vert, lavèrent les vitres, déroulèrent des tapis, accrochèrent des lustres, posèrent sur la commode de leur chambre à coucher un vase en porcelaine en forme de cygnes aux cous amoureusement entrelacés et y placèrent des soucis fraîchement cueillis. Des cyclamens roses dans une jardinière en terre cuite firent même leur apparition à la fenêtre de la cuisine.

En un mois à peine, la masure abandonnée s'était miraculeusement transformée en un foyer accueillant, confortable et lumineux. Rapidement, on put remarquer un changement sur Krešo lui-même : il était propre, ses habits étaient repassés, ses cheveux bien coiffés, il était rasé de près, ses joues s'étaient arrondies. Il respirait le bonheur.

✣

– C'était bon. Un risotto aux courgettes en entrée, du civet de chevreuil avec des gnocchis, puis deux parts de gâteau au chocolat en dessert, dit-il le lundi suivant après le dîner, se tapant le ventre. Et vous, qu'est-ce que vous avez mangé ?

– De la polenta à la noix de coco, répondit Domagoj, mélancolique.

– Oh, c'est bon, ça aussi, déclara son frère aîné.

✣

Le lendemain, il sortit de la maison, un cure-dents à la bouche.

– Une soupe aux cèpes, puis un steak au poivre vert. J'ai tellement mangé que je n'ai pris qu'une seule île flottante. Et vous, qu'est-ce que vous avez eu de bon ?

– De la polenta au ketchup, se plaignit Branimir, rembruni.

– Ah, si j'avais su, je serais venu dîner chez vous, soupira Krešo.

✢

– Aujourd'hui, Lovorka n'avait pas la tête à la cuisine, expliqua-t-il mercredi, relevant la ceinture. Aubergines farcies, côtelettes d'agneau, pommes de terre sautées et tarte aux cerises. Qu'est-ce que vous avez mangé ?

– De la polenta au caramel.

– Bon sang, Jozo vous nourrit bien, conclut Krešimir.

✢

– J'ignorais que la langue de bœuf aux câpres était si bonne, avoua-t-il jeudi en rotant en sourdine. Et vous, qu'est-ce que vous avez eu à dîner ?

– De la polenta aux cacahuètes.

– Bon Dieu ! s'extasia Krešo.

✢

– Vendredi, c'est maigre, on a dîné plus léger, dit-il tristement. Soupe aux crevettes, bar en croûte de sel, bette à l'huile d'olive et pudding. Vous avez mangé quelque chose de plus consistant ?

– De la polenta, chuchota Zvonimir, affamé.

– À quoi ? demanda Krešo.

– À rien ! répondit Domagoj, éclatant en sanglots.

✢

Un matin, Domagoj et les deux prisonniers bêchaient le potager lorsqu'ils aperçurent Lovorka étendant son linge de l'autre côté du vallon. Nenad s'appuya sur sa binette et l'observa songeusement.

– Creuse, imbécile, murmura Ratko. S'il te voit traîner...

– Je viens de penser à quelque chose, chuchota Nenad en montrant Domagoj de la tête. Tu peux le distraire cinq minutes ?

– Qu'est-ce que vous manigancez, tous les deux ? leur cria Domagoj.

– Rien, monsieur, répondit Ratko. Nenad me demande si on est dimanche.

– Qu'est-ce qu'il en a à faire, qu'on soit dimanche ? Il veut peut-être aller à la messe ? dit le plus jeune des Aspic, fier de son trait d'esprit.

Il faut dire qu'il parvenait rarement à être drôle, ironique comme son père et ses frères aînés. Et ce n'était pas l'unique qualité dont il se sentait dépourvu. Alors même qu'il se faisait fort d'être comme tous les hommes de sa lignée – sévère, farouche, résolu, téméraire et implacable –, en toute occasion Domagoj flanchait, s'attendrissait, les choses l'émouvaient, lui tiraient les larmes. Il ne savait insulter ni frapper le premier ; les fois où on l'avait battu, c'étaient ses frères qui l'avaient vengé. Il dissimulait aussi sa crainte des armes. Choqué chaque fois qu'il était obligé de tirer, il tremblait longtemps de peur ; si d'aventure il avait atteint son but, comme la fois où il avait tué un lapin sans faire exprès, il était envahi d'un terrible sentiment de culpabilité et de dégoût envers lui-même. Krešimir, Branimir et Zvonimir percevaient son tourment et s'efforçaient de le protéger, mais Jozo était sans pitié. Krešo, qui prenait garde à ce que personne ne blessât son petit frère, s'était souvent opposé à leur père que la sensibilité de son fils cadet mettait hors de lui.

Domagoj savait que c'était sans espoir, et il se détestait à cause de ça. En cet instant, dans le potager, la satisfaction d'avoir fait taire ses prisonniers par un trait d'esprit fit place à la pensée qu'il était trop faible à leur égard. En présence de ses frères aînés – et ne parlons même pas du père –, les deux captifs n'auraient jamais osé jacasser ni clampiner: ils auraient essuyé des hurlements, des insultes, des menaces, voire des coups. Devant lui, par contre, ils pouvaient faire ce qu'ils voulaient, sans peur d'être punis, car ils voyaient eux-mêmes quelle petite lopette il était.

– Notre orphelinat possédait un grand lopin de terre, déclara soudain le plus jeune percepteur. Comme d'ici jusqu'au fond de la combe, et même plus loin. Tout y poussait: patates, concombres, poivrons, tomates, courgettes, bette, aubergines, oignons, chou, carottes... Nous avions des légumes pour toute l'année, le reste, nous le vendions. Ljubo, un paysan, dirigeait tout ça, j'étais son assistant principal. Le matin, il venait dans notre chambre, et m'appelait de la porte: « Petit, on y va. Nos pommes de terre sont attaquées par les doryphores. » Il m'aimait beaucoup. Il pensait même m'adopter, m'emmener chez lui, faire de moi son fils, mais sa femme n'a pas voulu. Elle était alcoolique. Le pauvre Ljubo a eu bien des malheurs avec elle.

Ratko débitait tout cela en cassant les mottes de terre avec sa bêche. Domagoj l'écoutait avec curiosité, jusqu'au moment où il se dit qu'il avait tort, que son prisonnier l'avait ensorcelé par son histoire et l'avait détourné de son devoir.

– C'est quoi, ces salades? l'interrompit-il, furieux, debout dans le champ de poivrons.

– Je ne sais pas..., répondit Ratko, embarrassé. On travaille ensemble, et... Ça m'est venu. Comme ça.

– Ça t'est venu?! répéta Domagoj.

Le percepteur baissa timidement la tête.

– Écoute-moi bien, espèce de lope. Tu n'aimerais pas qu'il me vienne l'envie de t'arracher la tête avec cette bêche. Je ne veux plus t'entendre!

Ratko hocha la tête, puis, à la grande surprise de Domagoj, ses épaules furent secouées de sanglots et il se mit à pleurer.

Il pleurnichait au milieu des poivrons, essuyant ses larmes de ses mains recouvertes de terre et implorant le pardon. Il dit qu'il était désolé, qu'il aimait Ljubo de tout son cœur, et qu'il s'émouvait chaque fois qu'il pensait à lui. Pourquoi donc les gens étaient comme ça ? Il ne pensait pas à mal, pourquoi Domagoj l'avait-il traité de lope ? Ce n'est pas bien de traiter les gens de la sorte...

Domagoj était peiné : il était désolé d'avoir offensé le jeune homme, il était prêt à le prendre dans ses bras pour lui expliquer qu'il n'avait pas voulu être méchant. « Quel salaud je suis ! » se dit Domagoj, sans se rendre compte que l'autre prisonnier avait disparu.

Pendant que Ratko discutait avec son geôlier, Nenad avait filé du potager, sauté par-dessus deux murets en pierres sèches, couru tête baissée jusqu'à l'étendage de Lovorka et volé un drap mouillé, ainsi que la hache avec laquelle Jozo taillait ses tuteurs.

+

Deux semaines plus tard, débarrassant la table après dîner, Lovorka s'avisa d'une chose étrange.

– Qu'est-ce qui se passe avec nos draps ? dit-elle, contrariée. Chaque fois que je les mets à sécher, il y en a un qui disparaît. D'abord le jaune avec les petites fleurs bleues, puis, hier après-midi, le rose à pois blancs.

Krešimir ignorait la réponse à ce mystère. Il faut dire qu'il n'y prêtait aucune attention. Il haussa les épaules et prit un bol en plastique contenant des restes de nourriture pour les jeter aux chiens. En traversant la cour, il rencontra Branimir. S'il avait fait un effort de mémoire, il aurait constaté que ces derniers jours, après les repas, il tombait immanquablement sur lui ou sur Zvone. Il ne réfléchit pas non plus à cet autre mystère.

– Eh, Krešo, dit Brane, tu vas où ?

– On vient de finir de manger. Je vais jeter ces restes de canard à l'orange. Je pourrais en reprendre ce soir, mais Lovorka m'a dit : « Jette ça, je vais faire une tarte aux épinards pour dîner. »

– Du canard à l'orange, répéta Branimir en faisant une grimace de dégoût.

– Tu ne le croirais pas, c'est vraiment pas mal.

– Si tu le dis, répondit Brane tout en manifestant sa perplexité. Allez, donne-moi ça, je vais le jeter à ta place.

– Non, je le fais volontiers.

– Laisse, je vais de ce côté-là, insista Brane en prenant le bol. J'ai bien envie de voir ce que diront les chiens de vos chinoiseries. Je te parie qu'ils n'y jetteront pas même un coup d'œil.

– N'oublie pas de me rendre le bol, lui dit Krešo.

Branimir prit la direction du chenil, mais dès que Krešimir disparut à l'intérieur de la maison, il courut en sens inverse, vers le garage où, tapi derrière la remorque du tracteur, l'attendait Zvone.

– C'est quoi, aujourd'hui ? demanda ce dernier.

– Du canard à l'orange, chuchota Brane goulûment.

– Ooh ! soupira Zvone voluptueusement.

Accroupis des deux côtés du bol, ils saisissaient les restes de leurs doigts et les rongeaient avec voracité. Zvone s'était emparé d'un bout de carcasse et d'un aileron, Brane d'un morceau de filet, du cou et d'une cuisse à moitié entamée.

– Ils n'ont laissé que les os, dit Zvone, amer, en suçotant le croupion.

– Et où sont les patates ? dit Brane, dépité. Les vauriens, ils ont mangé toutes les patates.

– Mais c'est bon, marmonna Zvone. Il manque de laurier.

– De romarin, corrigea Brane.

– Tu penses ?

– Le romarin sublimerait le goût. Avec, peut-être, une pincée de safran.

– Non… Le safran gâcherait tout.

– Ce qu'il nous faudrait, c'est un vin de garde de chez Plenković, dit le premier bâfreur de restes.

– Je ne sais pas, répondit le second, songeur. Pour ma part, je préférerais un grand cru.

– Le diable vous emporte, bande de fripouilles ! hurla, dégoûté et furieux, le vieux Jozo, surgissant du coin de la maison, un manche de pelle à la main.

Apeurés, honteux, le menton graisseux, Brane et Zvone levèrent les bras pour se protéger la tête.

– Bande de crève-la-faim ! poursuivit le vieux en les arrosant de coups. Vous n'êtes que des porcs, bouffeurs de restes ! Bougres de vendus ! Misérables ! Vous léchez les assiettes des autres !

– Arrête, papa ! Arrête, papa, on ne le fera plus ! se lamentèrent les jumeaux en chœur.

– Fils de chiens ! Crevures ! Je vous regarde tous les jours ronger les os, en cachette, comme des cabots, et je me demande si ce sont vraiment là mes enfants ! Ce sont là mes fils ? C'est comme ça que je vous ai élevés ? Où est passé votre honneur, où est passée votre dignité, bande de merdes ? C'est l'autre vache qui vous a ensorcelés pour bouffer ainsi sa pâture ? Vous n'avez pas honte ?

Dieu sait comment cette histoire se serait terminée si, en cet après-midi étouffant de juillet, une voix venant du ciel, comme la voix de Dieu, ne s'était manifestée.

– Les Aspic ! Les Aspic, est-ce que vous m'entendez ?

Krešo et Lovorka coururent hors de la maison, Jozo, près du garage, leva la tête. Au même instant, sans réfléchir, comme un vrai chef d'armée, il ordonna :

– Alerte ! Vite ! Aux armes !

Sans tarder, bien qu'avec peine, Zvonimir et Branimir se levèrent et coururent vers l'armurerie sous l'escalier de la maison.

– Les Aspic... Les Aspic, où êtes-vous !? résonna une nouvelle fois la voix.

Se protégeant les yeux du soleil, Krešo aperçut, au-dessus du village, une minuscule silhouette dressée sur la falaise, portant, dans ses bras, quelque chose de grand et de multicolore. Il la désigna à son père, et ce dernier cria à Brane et Zvone qui sortaient de la maison avec des mitraillettes et un lance-roquettes :

– Laissez ça ! Le fusil à lunette ! Apportez-moi le fusil à lunette !

– Les Aspic, bande de merdeux ! continua la voix, alors que Krešo allait chercher des jumelles.

– Un prisonnier ! comprit Jozo en l'observant à travers la lunette de son fusil de précision semi-automatique. Qui avait aujourd'hui la garde des prisonniers ?

Une expression de culpabilité sur le visage, Branimir se retourna : dans la cour, il n'y avait que Ratko, le plus jeune et le plus maigre des captifs.

– Bordel de Dieu ! lança Jozo, furieux. Pendant que vous bouffez...

– Qu'est-ce qu'il tient dans ses bras ? lança Krešo, avant de comprendre. Un cerf-volant ! Il a fait un cerf-volant !

– Bon sang, le vieux Jozo va les dégommer, lui et son cerf-volant ! dit le père en armant son fusil.

– Attends, dit Krešo en baissant le canon, on va voir ce qu'il va faire.

À une trentaine de mètres au-dessus de la Combe aux Aspics, Nenad Nevjestić observait triomphalement ses tortionnaires, pendant que le vent gonflait la voile triangulaire de son aéronef constituée de deux draps, l'un jaune avec des petites fleurs bleues, l'autre rose à pois blancs, tendue sur une armature de joncs.

– Les Aspic, bande d'ordures ! cria-t-il avec dédain. Le temps est venu de me venger de tout le mal que vous m'avez fait ! Vous pensiez pouvoir me garder ici jusqu'à ma mort, mais moi, je suis un fils de pute qui a de la cervelle ! Je suis plus intelligent que vous tous ensemble, bande de ploucs mal embouchés ! Vous ne vous attendiez pas à ça ! Avouez, crétins ! Vous ne vous attendiez pas à ce que je vous échappe de la sorte ! Eh, vous voyez, c'est la différence entre un métrosexuel cultivé et urbain qui mange avec des baguettes dans les restaurants japonais, et des imbéciles malpropres qui enculent les chèvres dans les collines ! Au revoir, les garçons ! Je reviendrai ! Je serai de retour dans quelques jours, avec la police ! Tout comme vous m'avez emprisonné, je vais tout faire pour qu'on vous enferme tous les cinq pour quelques siècles derrière les barreaux ! À bas les oppresseurs, vive la liberté ! conclut l'employé de l'Intercommunale d'électricité en se lançant dans le vide avec son aile.

– Quel con ! murmura Krešimir.

Ils le regardèrent bouche bée, souhaitant presque qu'il réussisse. Au début, l'aéronef improvisé se maintint effectivement dans les airs, voguant comme un oiseau, comme un rêve, comme une aspiration, flottant une dizaine de secondes au-dessus du village, avant de s'abîmer en vrille, comme une vis, vers le sol. Le malheureux Icare cria en s'écrasant dans un mûrier. D'abord tombèrent des fruits noirs, suivis du métrosexuel cultivé et urbain qui mange avec des baguettes dans les restaurants japonais, meurtri, en sang, à moitié mort.

CHAPITRE NEUF

Où l'on expose l'abjection des forces démoniaques et les éprouvants moyens de les combattre; dans l'affrontement mythique du bien et du mal, on rencontre, par hasard et en dépit de sa volonté, un hérisson gris.

Lovorka vivait depuis un mois à la Combe aux Aspics sans avoir échangé un seul mot avec son beau-père. Revêche, Jozo évitait son regard, refusait de répondre à ses salutations, cependant qu'elle imaginait que le saluer avait encore un sens. Il changeait de direction quand il voyait qu'il allait croiser le chemin de sa belle-fille: il était capable de faire le tour du village à petits pas pour éviter de passer à côté d'elle. Une fois, Lovorka avait préparé une tourte aux fruits et avait demandé à Krešo de l'apporter à son beau-père. Sans un mot, ce dernier l'avait jetée par la fenêtre. Pendant des jours, jusqu'à ce que la pluie ne la rince, une trace de crème fouettée était demeurée sur le mur de la maison voisine, triste témoignage de l'échec de son geste conciliateur.

Cette tentative ayant persuadé Lovorka que leurs relations étaient vouées à l'échec, elle mit fin à ses efforts. Mais un après-midi, un jour ou deux après que le prisonnier eut essayé de s'enfuir, au moment où Krešo, fatigué de son tour de garde nocturne, s'était couché et s'était mis à ronfler, et où elle était sortie de la maison avec une tasse de café et une grille de mots croisés pour se mettre sous le parasol, Lovorka fut très étonnée de voir Jozo, cachant quelque chose derrière son dos, sortir de chez lui et fondre sur elle d'un pas décidé. Zvone et Domagoj lui emboîtaient le pas, grommelant dans leur barbe.

– Toi ! cria le vieux en s'arrêtant à trois mètres de distance, la désignant de son index, continuant de dissimuler son autre main derrière le dos. Répète : « Loué soit le nom du Seigneur ! »

Lovorka haussa les sourcils en souriant.

– Répète : « Loué soit le nom du Seigneur ! » ordonna-t-il une nouvelle fois.

Elle regarda Jozo avec curiosité, puis considéra Zvonimir et Domagoj plantés derrière lui. Elle comprit avec stupeur qu'ils récitaient le « Je vous salue Marie » en chœur.

– … le Seigneur est avec vous, vous êtes bénie entre toutes les femmes et Jésus, le fruit de vos entrailles, est béni. Sainte Marie, Mère de Dieu…

– Pardon, mais qu'est-ce que vous faites ?

– « Loué soit le nom du Seigneur ! » Dis-le ou écarte-toi de moi, esprit malin ! hurla Jozo rageusement.

– Vous pouvez aller vous faire foutre ! répondit Lovorka avec colère.

– C'est une sorcière ! Je le savais ! cria Jozo, triomphant.

Il brandit alors de derrière son dos un crucifix en bois pour se protéger de cette créature démoniaque. Domagoj et Zvone se mirent à réciter le rosaire avec plus d'entrain.

– J'espérais que tu étais une âme baptisée, mais quand tu t'es mise à ensorceler mes fils avec ton brouet de sorcière, j'ai tout de suite compris ce que tu faisais, fille de Satan ! Retourne d'où tu viens ! écumait le vieux en agitant sa croix. Retourne en enfer, auquel tu appartiens !

– Sainte Marie, mère de Dieu, priez pour nous, pauvres pécheurs, maintenant et à l'heure de…

– Qu'est-ce que c'est que ça? demanda Krešimir en se montrant à la porte, en culotte et les cheveux en bataille, furieux d'avoir été réveillé.

– Ton lumineux paternel vient de découvrir que je suis une sorcière, dit Lovorka amèrement.

– Lui?! Ce vampire qui nous suce le sang? Il dit que tu es une sorcière?

– Krešo, mon fils, crois-en ton père qui t'aime et qui te veut du bien…

– Tais-toi! l'interrompit Krešo. Et vous deux, ajouta-t-il à l'adresse de ses frères en s'approchant, menaçant, foutez le camp de ma maison!

Zvonimir et Domagoj reculèrent peureusement, mais Jozo ne bougea pas.

– Qu'elle le dise, essaya-t-il une nouvelle fois. Si ce n'est pas une sorcière, qu'elle dise: « Loué soit le nom du Seigneur! »

Krešimir lui arracha le crucifix des mains, puis le souleva par le col de sa chemise.

– Écoute-moi bien, vieil imbécile, si tu touches à ma femme encore une fois, ce sera la dernière. Bon sang, je te tuerai comme un rat!

– C'est une sorcière! s'obstina son père.

Krešo eut l'envie de lui frapper le nez de son front, mais renonça et l'entraîna à travers le jardin.

– C'est une sorcière! Un esprit maléfique! La fille de Satan vous a tous trompés! Qu'elle le dise! Qu'elle le dise si ce n'est pas une sorcière! fulminait Jozo en balançant ses courtes jambes.

Même lorsque Krešimir le suspendit par la chemise à une tige métallique qui dépassait du toit en béton de leur garage, il continua de tempêter:

– Que sa semence soit maudite! Qu'elle brûle en enfer! La sorcière vous a tous ensorcelés!…

+

Chaque fois que le hibou ululait, que le chien aboyait, que les feuilles des arbres bruissaient au vent, Branimir et Zvonimir prenaient peur. Chaque bruit prenait une signification funeste et mystérieuse alors que, ce soir-là, ils écoutaient parler leur père. Les deux prisonniers pelotonnés près du fourneau, à qui l'on ne permettait pas de s'éloigner de la maison de plus de quelques mètres depuis la tentative d'évasion, tremblaient eux aussi en écoutant les histoires du vieux Jozo.

– À Kupine, un certain Filip Močibob, on l'appelait le Garde-chasse, relatait Jozo doucement, avait une femme, Tonka, qui l'envoyait tous les soirs au lit. Il s'étonnait : pourquoi m'oblige-t-elle à me coucher ? Elle doit faire commerce avec le Malin. Il se met un soir au lit et fait semblant de dormir, tout en épiant sa femme. Il la voit sortir une casserole du fourneau, en puiser de la graisse de démon. Elle s'en badigeonne le visage et le cou en déclamant : « Ni sur l'arbre, ni sur la pierre, mais à Smiljevo sous le poirier. » À peine a-t-elle prononcé ces paroles qu'elle s'envole comme une flèche. Son mari, en voyant cela, se dit : le diable m'emporte, je vais moi aussi m'en badigeonner. Il prend la casserole, se barbouille de graisse, et dit : « Sur l'arbre, sur la pierre, et à Smiljevo sous le poirier. » Il s'envole, mais il n'a pas dit la bonne formule : il s'écrase sur l'arbre, il s'écrase sur la pierre, et arrive à moitié mort à Smiljevo sous le poirier. Là-bas, une vaste assemblée de serviteurs de Satan mène le bal : des sorcières, des loups-garous, des hommes, des femmes, des prêtres, des moines, des gens instruits, un avocat parmi eux, le représentant régional du HDZ[1]. Une immense kermesse. Tous se réjouissent en le voyant : « Un nouveau », disent-ils. Ils tendent au Garde-chasse une coupe en or pour qu'il boive à leur santé, mais lui, comme il n'a jamais dansé la ronde du sabbat, prend la coupe et déclare : « Loué soit le nom du Seigneur ! » À ces mots, par crainte du nom de

1. *Hrvatska Demokratska Zajednica* (Union démocratique croate), principal parti politique croate, fondé par Franjo Tudjman en 1989 (*NdT*).

Dieu, toute l'assemblée hurle d'épouvante, les sorcières et les loups-garous s'enfuient. Le sortilège disparu, le Garde-chasse reste seul sous le poirier et constate que la coupe en or qu'il tenait à la main n'est que le sabot d'un âne.

Branimir laissa tomber la sous-tasse qu'il utilisait comme cendrier. La porcelaine tinta sur le sol, Zvonimir sursauta d'effroi comme si on lui avait piqué les fesses.

– Bon Dieu ! explosa-t-il.

– Vous voyez, mes enfants, votre belle-fille est pareille à la femme de Močibob le garde-chasse, continua Jozo tristement. Une créature de Satan. Quand j'ai vu comme vous mangiez ses restes, j'ai compris que le diable s'en était mêlé. Elle vous a jeté un sort, elle vous a ensorcelés, et vous, purs comme la rosée, vous n'aviez aucune idée de ce qu'elle cuisinait dans son chaudron de sorcière. Vous avez de la chance que j'aie l'expérience de ces choses-là. Je vous ai sauvés au dernier moment, bande de bourricots.

– C'est possible que ce ne soit pas la même chose, osa remarquer Zvonimir.

– Quoi ?

– C'est possible que ce ne soit pas une sorcière.

– Tu étais là, avec moi ! lança son père. Tu as vu de tes yeux ! Je lui ai demandé trois fois de dire : « Loué soit le nom du Seigneur », et qu'est-ce qu'elle m'a répondu ? Que je pouvais aller me faire foutre. Qu'est-ce qu'il te faut de plus pour comprendre qui elle est et qui elle sert ?

Un lourd silence s'abattit sur eux.

– J'ai bien peur que c'en soit fini de Krešo, dit le vieux, réfléchissant à haute voix. Même l'évêque ne pourrait plus rien faire pour lui. Une conférence épiscopale peut-être, mais je ne peux rien garantir. S'il allait en pèlerinage à Marija Bistrica, cinq cents kilomètres à genoux et à reculons, il aurait sans doute une chance, mais sans ça, je ne sais pas...

Jozo secoua la tête et ajouta :

– La question est de savoir s'il n'est qu'une victime, ou s'il danse déjà la ronde du Malin. Si c'est le cas, mes enfants, nous devrons les combattre tous les deux. Oublier qu'il est de notre sang et nous opposer à cette compagnie diabolique. Leur arracher la tête et les brûler loin de la maison.

– Leur arracher la tête? s'exclama Branimir.

– Qu'est-ce que tu crois, mon fils? On n'affronte pas les légions de Satan une fourchette à la main. C'est un combat implacable, il n'y a plus de frère ni de belle-sœur. Ce sera eux ou nous.

Branimir et Zvonimir se regardèrent en silence, comme s'ils se demandaient lequel d'entre eux aurait la force d'arracher la tête de leur frère aîné et de sa femme. Aucun des deux ne montra sa détermination pour un acte aussi radical.

Dans le coin près du fourneau, la tête bandée et sa jambe cassée immobilisée par deux planches de bois, Nenad profita de cet instant d'inattention pour écrire dans le bloc-notes que les frères utilisaient pour inscrire leurs points lorsqu'ils jouaient aux cartes: « Je creuserai un tunnel. »

Il tendit le carnet à Ratko, qui hocha la tête comme s'il doutait d'une telle entreprise. Nenad se remit à écrire.

« Tu es avec moi? » Les lettres étaient maladroites, en majuscules toutes cabossées. Après un court instant de réflexion, son collègue battit des cils en signe d'affirmation.

Nenad arracha la page du bloc-notes, la mit dans sa bouche, la mâcha et l'avala, afin d'empêcher l'ennemi de percer ses intentions.

✢

La vie s'était éteinte dans la Combe aux Aspics, la mélancolie avait gagné tous ses habitants. Jozo avait décidé de tresser l'entier de la production d'ail de l'année et d'en garnir ses portes et ses fenêtres. Accompagné de Domagoj et de Ratko, il avait travaillé tout un après-midi. Jozo avait remarqué que son fils cadet était, de manière inacceptable, devenu bien trop proche du plus jeune des prisonniers: ils chuchotaient sans arrêt en pouffant de rire. Il avait sermonné son fils lorsque ce dernier avait confectionné une tresse d'ail et l'avait délicatement posée sur la tête du percepteur, comme une couronne.

Branimir, Zvonimir et Domagoj observaient avec effroi la maison de feu leur oncle Nikola. S'ils devaient faire quoi que ce soit dans le jardin, ils vérifiaient d'abord que Lovorka était absente, puis traversaient la cour à toutes jambes. Un jour, Domagoj était tombé en chemin fortuitement sur sa belle-sœur à l'arrière de la maison : il s'était immobilisé, paralysé de terreur, le cœur battant la chamade. Narquoise, elle lui avait souri en lui tendant les bras : « Abracadabra ! », lui avait-elle dit à voix basse, mystérieuse. Domagoj avait poussé un cri en s'enfuyant à travers le jardin.

Longtemps après sa rencontre avec les forces du mal, il tremblait encore comme une feuille. Zvone lui avait donné de l'eau et du sucre pour le calmer.

Cette peur insensée avait duré jusqu'à une languissante soirée d'été.

Branimir réparait son motoculteur à l'ombre d'un mûrier ; il l'avait démonté, avait déposé les pièces sur une vieille couverture étalée sur le sol, et avait soudain senti des picotements dans ses jambes, son ventre, son dos ruisselant de sueur et son cou. Il regarda autour de lui et constata qu'il se trouvait sur une fourmilière.

Des dizaines d'insectes brunâtres dont il avait piétiné le nid sans faire exprès rampaient sur ses mollets et ses bras dans une croisade vengeresse. Il bondit et se mit à les écraser sans pitié. Il ôta son maillot et le secoua énergiquement, mais une bestiole lui mordit l'entrecuisse sous son bermuda. Il eut tellement mal qu'il lâcha son maillot et ôta son short. Il serra le coupable entre son pouce et son index et l'écrasa avec jubilation. Aussitôt, il sentit nombre de ses camarades sanguinaires se démener sur ses fesses, sous sa culotte. Il dut constater que l'ennemi était numériquement supérieur et qu'il ne lui restait qu'une seule chose à faire. Il courut à la maison prendre une douche.

Attiré certainement par les larves, un hérisson gris sortit de la broussaille. Il était en train de pousser de son petit nez le maillot de Branimir lorsque Zvone sortit dans le jardin.

Dès qu'il vit les habits de son frère et le hérisson, Zvonimir eut un déclic. Il demeura un instant sur place, pétrifié par la vision d'horreur, puis s'approcha et souleva délicatement le mammifère.

– Branimir ! cria-t-il avec désespoir. Branimir, mon frérot préféré !

S'il l'entendit, Branimir ne le montra pas. Il baissa peureusement sa frimousse et se roula en boule, refusant toute communication avec son frère jumeau.

– Brane, parle-moi si tu es là ! insista Zvone en hélant la pelote de piquants. Branimir, c'est moi, Zvone !

Brane renifla grincheusement.

– Oh, maudite sorcière ! se lamenta Zvonimir en levant les yeux au ciel.

– Qu'est-ce qu'il y a ? demanda Jozo en sortant à la fenêtre de la cuisine.

– La sorcière a changé Brane en hérisson !

– C'est pas vrai ! s'exclama le vieux.

– Il y a cinq minutes à peine, il réparait le tracteur, et maintenant il n'en reste que son maillot et sa culotte, et… et… et…, bafouilla Zvonimir en montrant l'animal dans ses mains.

– La diablesse ! grogna Jozo. Elle va m'entendre.

Il sortit de la maison avec une tresse d'ail et un crucifix autour du cou, un grand couteau à la main.

– Allons-y ! ordonna-t-il à son fils en se dirigeant d'un pas martial vers la petite demeure de pierre.

Arrivé devant la porte d'entrée, il cria :

– Sorcière ! Sorcière, sors de là !

Un bruit se fit entendre à l'intérieur, puis Krešimir et Lovorka sortirent de la maison, où ils s'étaient retranchés pour s'abriter de la chaleur. Krešo boutonnait sa chemise, sa femme se recoiffait.

– Ramène-le-nous comme il était ! dit Jozo résolument sans un mot d'introduction.

– De quoi tu parles ? demanda Krešo.

– De Branimir ! dit Zvonimir en montrant le hérisson.

– Bouh ! lui lança Lovorka, le faisant sursauter.

– Écoute-moi bien, diablesse, ne joue pas avec moi ! cria le vieux à sa belle-fille, la menaçant de son couteau. Ramène-moi mon fils comme il était, sinon je te renverrai d'où tu viens !

Krešimir lui serra le poignet, lui faisant lâcher son arme.

– Tu menaces ma femme ?! cria-t-il, ivre de fureur.

Il le prit à la gorge et le gifla.

– Tu t'en prends à ma femme avec un couteau ?! répéta-t-il en lui frappant l'autre joue.

– Qu'elle le 'amène ! Qu'elle me le 'amène comme il était ! siffla le vieux.

– Qu'elle ramène qui ? De quoi tu parles ?

– De Brane ! insista Zvone en tendant l'animal. Cette sorcière a changé Brane en hérisson !

– Quelle famille de cinglés ! lança Lovorka.

Krešimir attrapa le hérisson et le jeta au loin.

– Branimir ! cria Zvonimir avec effroi en regardant la boule de piquants voler par-dessus le pierrier. Mon Brane !

– Oui ? s'éleva la voix de Brane qui était sorti sur le balcon, un linge mouillé autour des hanches.

– Frérot ! s'exclama Zvone. Tu es vivant ! Il est vivant !

Krešimir frappa son père au milieu du front, l'envoyant bouler à plusieurs mètres, et s'apprêtait à le battre lorsque sa femme le retint par le bras.

– Non, dit-elle doucement.

Krešo s'arrêta le souffle court.

– Allez, viens ! le nargua son père. Viens, fillette !

– Non.

– Tu refuses parce que tu sais que tu recevrais une raclée. Je n'oserais pas, moi non plus, dit Jozo en essuyant le sang qui coulait de son front.

Krešimir fit semblant de s'approcher, faisant reculer Jozo qui s'appuyait sur ses mains et ses pieds.

– Misérable, dit Krešo avec mépris. Pauvre misérable dégoûtant et égoïste ! Tu nous as tous détruits avec ton délire. Tu nous as tous empoisonnés avec ta sauvagerie et ta haine. Tu vis comme une bête car tu crains les hommes. Misérable poltron, tu meurs de peur à l'idée que quelqu'un puisse t'aimer. Et qu'est-ce que ça te rapporte ? Si tu mourais demain, personne ne te pleurerait.

– Pas besoin, lança Jozo fièrement. Mettez de la musique. Dansez. Riez quand je ne serai plus là.

– Nous n'avons aucune raison de rire. Nous ne saurions même pas le faire. Tu as détruit le rire en nous tous, dit Krešo en montrant Zvonimir à côté de lui et Branimir sur le balcon, leur faisant baisser la tête. Tu as détruit le rire dans notre mère, continua-t-il, tu nous as volé notre vie, vieille charogne. On n'a pas besoin de sorcière pour nous changer en bêtes. Toi, papa, tu nous as transformés en bêtes.

Krešo se tut. Il regarda son père quelques instants, les bras tremblants comme s'il venait de porter un lourd fardeau. Puis il se tourna et rentra dans la maison, suivi de Lovorka. Brane et Zvone étaient pétrifiés. Seul Jozo dit un instant plus tard :

– Il a renoncé au combat, vous êtes témoins. Ma victoire est incontestable.

✢

Longtemps après cette dispute, Krešimir refusa de parler. Lovorka se faisait du souci, mais ne disait rien, pressentant que c'était un problème que son homme devait affronter seul. Après le dîner, elle le prit par la main, l'emmena dans la chambre, lui dit de se coucher, mit sa tête sur ses genoux, lui embrassa les cheveux, lui murmura qu'elle l'aimait, sentant sous ses doigts ses muscles se détendre peu à peu. Ils étaient sur le point de s'endormir quand, vers minuit, ils entendirent quelqu'un frapper doucement à la porte.

Branimir et Zvonimir se tenaient sur le seuil de la maison, les bras ballants, avec une expression de gêne et de culpabilité.

– Tu es fâché ? demanda Zvone.

Krešo sourit amicalement et les invita à entrer.

– Belle-sœur, il ne faut pas nous en vouloir, dit Brane à Lovorka.

– Ça ne fait rien, dit-elle avec bienveillance. C'est du passé.

Bien qu'encore furieuse, elle avait décidé, pour Krešimir, de ne pas le laisser paraître.

– Asseyez-vous, ajouta-t-elle en les faisant entrer dans la cuisine.

– C'est à cause du père, dit le premier.

– Tu sais comment il est, ajouta le second.

– Tu es fort, toi, tu as réussi à lui échapper, remarqua Branimir.

– Nous, nous sommes faibles, avoua Zvonimir tristement.

– Mon amour, prépare-nous quelque chose à manger, dit Krešimir à sa femme.

– Non, c'est inutile...

– Nous avons dîné.

– De la polenta ? demanda la belle-sœur en posant les assiettes sur la table.

– Comment tu as deviné ? s'étonna Brane.

Elle leur servit du rôti de veau froid, du lard et du fromage de l'île de Pag, des olives et des poivrons rouges, trancha des tomates, mélangea le concombre avec de la crème fraîche. Bien que leur appétit se fût aiguisé à la vue de la nourriture, les visiteurs mangèrent chichement, gênés qu'ils étaient.

– Quels imbéciles vous faites, dit soudain Krešo avec tendresse.

Brane le regarda en souriant.

– Bon sang, qui aurait dit qu'un hérisson pouvait être aussi énorme ? dit Krešimir à Zvonimir, pointant son frère du menton.

Zvonimir rougit de honte.

– Ce n'est pas ton tour de garde, ce soir ? se souvint Krešo.

– Laisse ça, dit Zvonimir en agitant la main. Ceci est plus important.

– On est venus pour autre chose, se lança Brane. On avait dans l'idée…

– … de trouver une femme, nous aussi, conclut Zvone. On est venus…

– … te voir, ajouta Branimir. Si tu pouvais…

– … nous dire où aller. Qui…

– … aller voir.

– Chacun termine les phrases de l'autre ? remarqua Lovorka avec stupeur.

– Quand ils sont nerveux, lui expliqua Krešimir. Ils sont jumeaux. Si tu discutes avec un seul d'entre eux, tu ne sais pas ce qu'il veut te dire.

– Qu'est-ce qui s'est passé pour que vous changiez d'avis ? demanda Lovorka à ses beaux-frères.

Les jumeaux hochèrent la tête avec gravité, et Krešo se gratta le menton.

– Ce n'est pas facile, les gars, leur dit-il de bonne foi. C'est pas comme s'il y avait des femmes à chaque coin de rue…

– Il y en a tant que tu veux ! protesta Lovorka.

– Tu le penses vraiment ? s'étonna Krešimir.

– Premièrement, il y a plus de femmes que d'hommes sur la terre. C'est une donnée statistique.

– Tu vois, je n'aurais jamais cru ça. Vous le saviez, vous ? demanda Krešo à ses frères, qui firent non de la tête.

– Deuxièmement, le monde est plein de femmes malheureuses, insatisfaites, qui attendent qu'un homme normal les aborde, continua Lovorka. Mais le problème, c'est que les hommes sont des abrutis. Tordus, mal élevés, indécis et complètement détraqués.

– Allez, allez, ils ne sont pas tous comme ça, protesta Krešo.

– Tu crois ça ? se fâcha Lovorka. Ce n'est pas toi qui as mis quinze ans pour venir me retrouver ?

Krešo se dit qu'il valait mieux se taire.

– Ne craignez pas les femmes, expliqua Lovorka. C'est la chose principale que vous devez avoir en tête. Si vous en voyez une qui vous plaît, faites-lui du gringue. Même si vous passez pour des imbéciles, ça ne fait rien. C'est normal de passer pour un imbécile, ça arrive à tout le monde. Votre couronne ne va pas vous tomber de la tête si une fille vous dit de passer votre chemin. Il ne faut pas le prendre mal. Ne soyez pas malpolis, et n'insistez pas si ça ne marche pas. Soyez bien élevés, quelque chose en sortira. Si vous cherchez une copine, ça vaut la peine de boire un coup pour vous donner du courage. Mais d'un autre côté, il faut éviter la cuite : un homme dans le cirage présume toujours de ses forces. Il se pique le nez, il se prend pour quelqu'un de très drôle, alors que la fille se dit : « Quel poivrot ! Qu'est-ce qu'il a à me coller ? » Essayez de dire quelque chose de drôle, les filles aiment rire. Ne parlez pas de football ou de voitures, ça ne les intéresse pas. Ne soyez pas avares, aucune fille intelligente n'ira avec un type qui refuse de sortir son crapaud. Si vous êtes en boîte de nuit, dansez. Les types qui ne dansent pas en discothèque pensent qu'ils sont les rois de la nuit, à regarder les autres un verre à la main et une cigarette à la bouche. Mais toutes les filles savent que ce sont des andouilles et des poules mouillées. Les filles aiment danser, comme les garçons sûrs d'eux-mêmes. Ils s'en fichent si on les montre du doigt ou si on rit d'eux. En parlant de ça : si une fille rit de vous, ne pensez pas que c'est mal. C'est super. Demandez-lui tout de suite ce qu'elle boit. La même chose si elle vous regarde. Si vous vous observez un certain temps et qu'elle détourne la tête, souriez-lui. Si elle sourit elle aussi, ne perdez pas de temps. Dites-lui quelque chose de gentil, car les filles sont bêtes, elles aussi, des dindes indécises et complètement détraquées à qui il faut constamment parler gentiment.

Les trois hommes écoutaient la leçon la bouche ouverte. Ils mirent un long moment avant de pouvoir dire quelque chose. Branimir le premier se fit entendre :

– Oh, bon Dieu, qui pourrait…

– … se souvenir de tout ça ? paracheva Zvonimir avec inquiétude.

– Ce n'est pas compliqué, les consola Lovorka. Je ne me fais aucun souci pour vous deux. Vous êtes de grands garçons, vous saurez vous débrouiller.

– Quand pensiez-vous aller chercher une femme ? demanda Krešo.

– Je ne sais pas, ces jours-ci…, hésita Zvone.

– Quand il fera moins chaud, ajouta Brane.

– En quoi la chaleur vous gêne-t-elle ? s'étonna Lovorka.

– Eh bien, ce n'est pas le bon moment…

– Aujourd'hui il fait chaud, demain il fera froid, les sermonna-t-elle. Vous trouverez toujours une excuse. Faites vos bagages et fichez le camp.

– Laisse-les, intervint Krešo. Ils partiront quand ils seront prêts.

– Ils n'ont pas le choix. Ce n'est pas ici que les filles vont venir toutes seules, conclut Lovorka.

Une grande lune ronde brillait au-dessus de la Combe aux Aspics lorsque Krešo et Lovorka reconduisirent les jumeaux vers la maison de Jozo. Soudain, Krešimir eut l'impression d'entendre un bruit : il souleva la main, s'arrêta et tendit l'oreille.

– Comme un tapotement, chuchota-t-il. Vous n'avez rien entendu ?

Personne n'avait rien remarqué, mais ils demeurèrent tous immobiles un court moment.

– Ce n'est rien, j'ai dû me tromper, dit Krešo au moment où, quelques pas plus loin, à un mètre sous terre, les deux employés de l'Intercommunale d'électricité, le premier portant une petite pelle, le second une truelle, les visages noirs de terre, se figèrent à la pensée que leur tunnel avait été découvert.

Lovorka et Krešimir souhaitèrent une bonne nuit à Branimir et Zvonimir, et retournèrent à la maison bras dessus bras dessous.

– Quand tu t’es mise à expliquer tout ce qu’il faut faire pour se dénicher une copine, se souvint-il, je me suis dit que je ne savais rien de tout ça quand je t’ai rencontrée.

– Toi, tu as du bol, dit Lovorka en lui agrippant les fesses.

CHAPITRE DIX

Où l'on constate que les habitudes matinales sont différentes d'un endroit à l'autre et que les taupes ne sont plus ce qu'elles étaient, puis on découvre les puissantes vertus aphrodisiaques d'un lance-roquettes russe.

L'air martial, le coq se dressa fièrement sur le toit du garage et annonça bruyamment le point du jour. Mais les deux corniauds marron couchés paresseusement dans la poussière, sous les mûriers, ne trouvèrent pas cette information particulièrement importante. Tout dormait encore à la Combe aux Aspics. Seul Domagoj, engourdi de sommeil, enfila un short, laça ses baskets, se lava le visage à l'eau froide, s'essuya avec un linge mouillé, prit une kalachnikov dans le réduit sous les escaliers et partit, renfrogné, relever Zvonimir de sa garde. Il sortit de la maison ; ce n'est qu'au bout d'une cinquantaine de mètres que son esprit hébété prit conscience d'une tache jaune inhabituelle à l'extrémité de son champ de vision, qui semblait briller dans la pénombre froide du matin naissant. Il pivota et resta pétrifié par la peur. Quelqu'un avait installé une tente sous une charmille, non loin de l'entrée de la combe. Une petite tente igloo bleue, avec une entrée de toile jaune.

Le fils cadet de Jozo et de feue Zora Aspic réfléchit quelques instants, puis courut comme un dératé à la maison.

Mais à peine arrivé à la porte d'entrée, il rougit de sa frayeur, craignant que son père ne le traite de poule mouillée. Il revint donc sur ses pas. Le cœur dans les talons, il avançait prudemment, escaladant les murs en faisant attention de ne pas renverser de pierre, traversant en courant les potagers. Parvenu finalement à la tente, il s'en fallut de peu qu'il ne change d'avis.

Il prit son fusil de la main droite et, de la gauche, remonta maladroitement la fermeture Éclair. Il recula d'un pas, tenant fermement son arme. Quand ses yeux s'habituèrent à la pénombre de la tente, il distingua deux corps à moitié nus au milieu de couvertures bariolées ; l'un d'eux se retourna et, à la stupéfaction de Domagoj, apparut une paire de petites fesses rondes dans un tanga de dentelle noire. Mais la découverte que l'ennemi était féminin ne l'apaisa pas. Au contraire, il fut plus épouvanté encore, sa bouche devint sèche, son cœur se mit à battre la chamade. Tenant la kalachnikov dans ses mains moites, il hésita longtemps sur la conduite à adopter, avant que le deuxième corps ne bouge et qu'une tête endormie, avec des bouclettes rousses en désordre, ne se lève : les deux occupants du petit gîte érigé durant la nuit dans la Combe aux Aspics étaient du beau sexe.

La rousse le regarda quelques instants avec stupeur, puis lui sourit, réveillant son amie en la poussant du coude.

– Mirta, Mirta, regarde ça ! dit-elle d'une voix éraillée.

Celle-ci se tourna sur le flanc opposé en bougonnant.

– Il y a un type avec un fusil.

– Mirna, espèce de dinde, continue à dormir, marmonna Mirta.

– Je te jure, il y a un type devant la tente avec une kalachnikov à la main.

La dormeuse bougonne ouvrit les yeux.

– Oh, putain ! jura-t-elle avec stupeur.

– Jeune homme, je ne connais pas les habitudes du coin, dit Mirna avec reproche, mais chez nous, on boit d'abord un café.

– Un café ? Je vous donnerai quelque chose de plus corsé qu'un café, ironisa Domagoj en se rendant compte qu'il n'inspirait aucune autorité.

Mirna s'en aperçut, elle aussi.

– Pas terrible, la réplique, dit-elle, déçue, à Mirta.

– Elle est à qui, la kalach ? demanda Mirta avec curiosité, se levant sur les coudes pour mieux voir l'arme de Domagoj.

– N… n… ne bouge pas ! bredouilla le jeune homme.

– J… j… je ne bouge pas, plaisanta Mirta.

– Roumaine, remarqua Mirna, avec poignée antérieure.

– Comment sais-tu qu'elle n'est pas hongroise ? demanda Mirta. Les Hongrois aussi installaient des poignées antérieures.

– Ah non, rétorqua Mirna, les poignées hongroises sont moches, en plastique.

– Les hongroises et les roumaines sont moches toutes les deux. Qu'est-ce qu'ils avaient à monter ces merdes de poignées ? La kalach tient bien en main sans ça.

– Oui, c'est vrai, convint Mirna, la poignée antérieure lui va comme un nichon à une poule.

– Pour moi, les finlandaises sont les plus belles.

– Je n'ai jamais vu de kalachnikov finlandaise.

– Magnifique ! soupira Mirta. Toute noire, avec un chargeur à nervures.

– Silence ! cria Domagoj nerveusement.

– Écoute-le : silence ? s'étonna Mirna.

– Quoi, tu vas tirer, peut-être ? ajouta Mirta.

– Tire dans la poitrine, poule mouillée ! dit Mirna avec morgue en bombant le torse dans son t-shirt.

Domagoj passa la langue sur ses lèvres sèches en s'appuyant sur son autre pied.

– Qu… qu… qui vous a envoyées ?

– Qui nous a envoyées ? répéta Mirta avec étonnement.

– Ta question est stupide, poses-en une autre, fit Mirna, feignant la colère.

Comprenant qu'il ne s'en sortirait pas avec cet ennemi supérieur en nombre et mieux préparé, le pauvre Domagoj décida d'appeler des renforts.

– Crouou ! Crouou ! Crou ! cria-t-il en direction de la maison.

– Tu as entendu ? On dirait un oiseau ! remarqua Mirta avec enthousiasme.

– Crouou ! Crouou ! Crou ! répéta le cadet des Aspic avec désespoir.

– Chantons, nous aussi, proposa Mirna.

– Crouou ! Crouou ! Crou ! stridula Domagoj pour la troisième fois.

– Crouou ! Crouou ! Crou ! entonnèrent Mirta et Mirna en chœur.

– Crouou ! Crouou ! Crou ! roucoula Domagoj d'une voix à présent éplorée.

– Crouou ! Crouou ! Crou ! répondirent les filles insolemment.

De l'autre côté de la combe, le vieux Jozo sortit sur le seuil de la maison. Jaugeant la situation, il rentra prendre une arme.

– On va voir qui se fout de qui, soupira Domagoj triomphant.

– C'est fini, on l'a dans l'os, chuchota Mirta à Mirna.

– Je dois faire pipi, dit Mirna en se levant.

– Ne bouge pas ! cria Domagoj en la menaçant de son arme.

Mirna se rassit.

– Pas de pipi avant la venue de la délégation supérieure, lui dit Mirta tristement.

Une minute plus tard, Jozo et les jumeaux sortaient dans la cour, le père avec sa vieille mitraillette, les deux autres avec des pistolets-mitrailleurs israéliens conçus pour les combats de rue. Ils prirent le chemin de la tente d'un pas viril, traversant les jardins et les champs. On entendait le père hurler contre Zvonimir à travers la combe.

– Pourquoi tu n'étais pas à ton poste ? Tu étais où ?

– Je me suis endormi !

– Tu t'es endormi ? Endormi ?! Oh, espèce de…

Les ayant aperçus de loin, Mirna retrouva sa bonne humeur.

– Les voilà ! dit-elle.

Elle se leva sans prêter attention à Domagoj et à sa kalachnikov roumaine, sortit devant la tente et, dans son t-shirt qui lui couvrait à peine les fesses et sa culotte minuscule, elle agita les bras en direction de Branimir et Zvonimir.

– Hé oh ! cria-t-elle. On vous avait bien dit qu'on vous retrouverait !

– Jeune homme, tu me dois une pizza ! ajouta fièrement Mirta qui s'était glissée à côté de son garde hésitant, pointant Brane du doigt.

✣

– Ce sont les filles ! exulta Brane en piétinant les plants de chou.

– Les grimpeuses, dit Zvone.

– Quelles grimpeuses ? se renfrogna le père.

– Les deux filles que nous avons rencontrées à Split. Elles font de l'escalade.

– On leur a dit qu'elles pouvaient venir chez nous, escalader le rocher au-dessus de la maison.

– Oh, fils de chiens ! C'est donc vous qui les avez invitées ! éclata le vieux.

– On n'a pas pensé qu'elles le prendraient sérieusement, avoua Brane, penaud.

– Mes enfants, vous m'enverrez au cimetière ! geignit Jozo en escaladant non sans peine un muret de pierres. Mais bon, ajouta-t-il avec indulgence, ça arrive à tout le monde. Il n'y a que ceux qui ne font rien qui ne commettent pas d'erreur. Ça ne m'enchante pas de les tuer et de les enterrer, mais qu'est-ce qu'on peut y faire ? C'est notre destin.

Branimir et Zvonimir s'arrêtèrent, regardant leur père traverser d'un pas assuré le champ de trèfle.

– Papa, on n'est pas obligés de les tuer, dit Zvonimir.

– Ah non ? rétorqua Jozo, sans voir que ses fils s'étaient immobilisés. Si on laisse partir ces deux-là, il y en aura cinquante l'année prochaine à la Combe aux Aspics.

– Va chier, papa ! jura Branimir.

Jozo s'arrêta et se retourna.

– Pourquoi devrait-on les tuer ? continua Brane. Ce sont des filles normales, bien élevées, elles ne nous veulent aucun mal…

– Les moineaux t'ont bouffé la cervelle ? se fâcha Jozo. L'ennemi est à ta porte…

– Qui te dit que ce sont nos ennemies ? l'interrompit Branimir. Comment sais-tu que ces deux-là sont nos ennemies ? Tu les vois pour la première fois de ta vie.

– Quoi ? Tu te retournes contre moi ? ajouta amèrement le plus vieux des Aspic. C'est l'autre sorcière qui t'a convaincu de parler ainsi à ton père ?

– Ce n'est pas une sorcière, ne parle pas comme ça.

– Branimir, mon fils, amorça Jozo paternellement, écoute ton papa…

– Qu'est-ce que je dois écouter ? Chaque fois que je t'écoute, ça part en vrille.

– Tu n'es donc plus avec nous. Tu refuses la mission, conclut le vieux. Zvone, prends-lui son arme. Quand on en aura fini avec ces deux-là, il y aura une procédure disciplinaire.

– Papa, je ne te suivrai pas, dit Zvonimir.

– Toi non plus ?

– Moi non plus, ajouta Zvone. Ces filles, dit-il en les pointant du menton, on les connaît, Brane et moi, et elles sont bien. Si on doit prendre l'arme de quelqu'un, ce sera la tienne. Pose ton fusil et recule de deux pas.

– Tu veux mon fusil, hein ? Et que je le pose, en plus. Eh bien, ça ne se passera pas comme ça, Zvonimir. Ça ! dit

Jozo en serrant sa mitraillette. Ça, tu ne pourras l'arracher que de mes mains froides, mortes et rigides !

– D'accord, on peut faire comme ça, dit Zvone en armant son fusil-mitrailleur et en le pointant en direction de son père, imité par Branimir.

– Deux contre un, crâna Jozo. Trouillards !

Ils se dévisagèrent quelques instants en silence, le vieux souriant avec insolence, les jumeaux sérieux comme des papes. Personne n'était prêt à faire le pas suivant.

– Alors, on fait dans son froc ? lança le père, provocant.

La Combe aux Aspics résonna d'une courte rafale que Branimir avait tirée devant les pieds de son père. Ce dernier recula craintivement en lâchant son arme.

– Espèce d'abruti, tu aurais pu le dire tout de suite ! dit-il, tout retourné.

Zvone ramassa la mitraillette en silence et poursuivit son chemin avec Brane, laissant le père les yeux dans le vide.

Les jumeaux étaient presque arrivés à la tente lorsque, derrière eux, dressé et fulminant, Jozo tonna comme un prophète :

– Quatrième commandement ! Honore ton père et ta mère afin d'avoir longue vie sur la terre que le Seigneur ton Dieu te donne !

– Mais oui..., soupira Zvonimir.

✣

– Pourquoi vous avez tiré ? demanda Domagoj.

– Ce n'est pas important, répondit Branimir en baissant le canon de son fusil toujours pointé sur Mirna et Mirta.

– Rentre à la maison, on va régler cette histoire, ajouta Zvonimir.

Le frère cadet s'en alla.

– Hé ! sourit Branimir à l'intention des filles.

– Tu me dois une pizza, répéta Mirta.

– Tu l'as bien méritée !

– Combien d'armes avez-vous? demanda Mirna, des étoiles plein les yeux, en regardant les Uzi des jumeaux et la mitraillette de Jozo accrochée à l'épaule de Zvonimir.

– Oh, ça, c'est rien, si tu voyais ce qu'on a à la maison, répondit Zvone.

– C'est un Schmeisser? Maschinenpistole MP38?

– Oui.

– Je peux le prendre?

Zvonimir lui tendit courtoisement la mitraillette noire de la Wehrmacht.

– Je n'en avais jamais vu en vrai, dit la grimpeuse rouquine en caressant amoureusement le fusil.

– Il a bien cinquante ans, expliqua Zvonimir. Notre grand-père s'en servait à son époque. C'est un souvenir qui nous est cher.

– C'est donc ça, le rocher, demanda Mirna en montrant la paroi qui, de l'autre côté de la combe, fermait la vallée.

– Ha! Tu as vu! dit Branimir fièrement.

– Il n'a pas trente mètres de haut.

– Il en a cent! Si ce n'est plus...

– Garçon, crois-moi, je suis une professionnelle, dit Mirta d'un ton autoritaire. Il a... d'accord, il a trente mètres de haut, peut-être trente-cinq, pas beaucoup plus. Mais ça ne fait rien, ce n'est pas peu.

+

Lovorka apporta du thé au jasmin, des toasts, du beurre et de la confiture d'abricot qu'elle avait faite ces derniers jours, puis s'installa avec son mari devant la maison. Tout en mangeant, ils observaient avec curiosité les jumeaux qui s'étaient engagés dans une vive discussion avec les nouvelles venues.

– Qu'est-ce que tu disais hier? Que les filles ne viendraient pas ici toutes seules? se souvint Krešimir.

– Les bêtasses! lança Lovorka avec dédain. Elles sont venues chercher des hommes dans ce trou perdu!

– J'en connais une qui a fait la même chose.

– Moi aussi, dit-elle, faussement navrée.

Après avoir terminé son petit-déjeuner, Krešo s'affala sur sa chaise et ferma les yeux.

– Dès que je ne t'ai plus sous mes yeux, tu commences à me manquer, dit-il après quelque temps.

– Toi, tu ne me manques pas, dit Lovorka. Mais j'aurai de la peine le jour où tu mourras.

Krešimir entrouvrit ses paupières et lui sourit amoureusement. Elle lui envoya un baiser.

– Je pense à une chose, dit sa femme : c'est quoi, cette terre dans le jardin ?

– Quelle terre ? demanda Krešimir, toujours affalé, les yeux fermés.

– Tu n'as pas remarqué ? Il y a plein de terre dans la cour.

– Des taupes.

– Il y a des taupes, ici ?

– Aucune idée.

Lovorka examina avec suspicion le monticule entre leur maison et celle de Jozo : cinq mètres de large et deux mètres de haut, constitué de pierres et de terre ocre. Elle en avait vu de pareils sur des chantiers en ville ; elle douta que ce fût l'œuvre de taupes, mais ne s'attarda pas sur ce phénomène insolite.

+

Ayant entendu chaque phrase de cette discussion, Ratko, le plus jeune des prisonniers des Aspic, secoua son pantalon derrière la butte, épouvanté. Son collègue Nenad s'était souvenu d'un film où des officiers alliés s'échappaient par un tunnel d'un camp de prisonniers allemand en se débarrassant ainsi de la terre qu'ils venaient de creuser. Ratko n'avait jamais vu ce film, il ne lui aurait certainement pas plu, comme ne lui plaisait pas le fait de marcher avec son pantalon rempli de terre. La sensation était similaire à celle qu'on éprouve quand on chie dans son froc.

Il revint rapidement dans le cellier, faisant toutefois attention à ne pas éveiller les soupçons. Il écarta du mur un fond de barrique vermoulu qui cachait l'entrée du tunnel et s'engagea à quatre pattes dans le sombre orifice horizontal ressemblant au terrier d'un gros lapin. Il rampa sur ses coudes et ses genoux jusqu'au bout de la galerie où, une lampe de poche fixée sur sa casquette au moyen d'une bande adhésive, Nenad creusait hardiment la terre avec une petite pelle. Les travaux avançaient bien, à leur grande surprise. Leur désir de liberté était tel qu'ils avaient creusé plus de cent cinquante mètres de galerie en douze jours à peine.

– Regarde ce que j'ai trouvé, dit Nenad en tendant à son jeune collègue un bout de carton détrempé sur lequel, à côté d'un texte en allemand que Ratko ne comprenait pas, des lettres gothiques formaient un nom dans une encre déteinte.

– Zby… comment ça se lit ?

– Zbyněk Hubač. *Oberleutnant* Zbyněk Hubač, un Tchèque, commandant de la garde dans la gendarmerie autrichienne. J'ai trouvé son cadavre enterré à quelques mètres d'ici. Qui sait combien d'autres ont fini en compost… Aujourd'hui ou demain, ce sera notre tour…

– J'ai entendu parler le fils aîné et sa femme. Ils ont remarqué la terre dans la cour.

– Merde ! jura Nenad. Je t'avais dit de ne pas t'en débarrasser au même endroit.

– Ils ne me laissent pas m'éloigner de la maison.

– Ça ne fait rien, ce sera bientôt fini. Si on continue à ce rythme, on aura terminé ce soir. Allez ! On ne lâche rien ! dit Nenad à son collègue en se mettant à creuser de plus belle.

✣

Les deux grimpeuses observaient avec stupéfaction les toiles de tente sur lesquelles les jumeaux avaient déposé un exemplaire de chaque arme que leur honorable famille possédait. Jusque-là, elles n'avaient pu voir tel étalage qu'au journal télévisé, lors de reportages sur l'arrestation de membres de la mafia belgradoise ou sur les opérations contre les producteurs de cocaïne du cartel de Medellín. Il y avait de tout : des fusils automatiques et semi-automatiques, des carabines, des fusils de précision, des mitraillettes à canon court, des mitrailleuses antiaériennes, des munitions antichar, des pistolets et des revolvers, des bombes et des couteaux. Tout était propre et rutilait de manière menaçante sous le soleil de juillet.

– Je suis morte et je me trouve au paradis, dit Mirna.

La première demi-heure, elles se contentèrent d'effleurer les armes, dévotement et en chuchotant, soupiraient et criaient de joie quand elles découvraient des détails qu'elles ne connaissaient que dans les livres. Lorsque Zvonimir et Branimir les invitèrent à les essayer, elles ne se firent pas prier. Les jumeaux chargeaient les fusils, elles dessinaient des arabesques de rafales dans le pierrier. Empoignant un Heckler & Koch MG4 allemand, Mirta coupa en deux un jeune frêne ; Mirna quant à elle s'acharna sur un petit chêne au moyen d'un FAL de fabrication belge. Mirta s'empara ensuite d'un pistolet semi-automatique tchèque, tandis que Mirna se délectait du raffut infernal d'un fusil de combat rapproché Benelli M3.

Puis Zvonimir se mit derrière Mirna et posa la main sur la sienne, soi-disant pour l'aider au cas où elle aurait de la difficulté à maîtriser son Uzi ; elle, de son côté, colla involontairement ses fesses contre son ventre. Mirta vida le chargeur de son Glock 17 et, de joie, prit Branimir dans ses bras et colla sa bouche à la sienne.

– Tu peux charger le SA80, s'il te plaît ? demanda Mirna courtoisement, montrant le fusil d'assaut britannique.

– Eh ! dit Zvone simplement.

– Tu es un cœur, minauda-t-elle en lui lançant un baiser, le troublant à tel point que, le visage empourpré, il avait les mains qui tremblaient lorsqu'il poussa les balles dans le chargeur.

– Excuse-moi, qu'est-ce que c'est que ça ? demanda Mirta à Branimir.

– Un RPG-29 Vampire, troisième génération du fameux lance-roquettes russe. Son projectile de cent cinq millimètres est capable de percer un blindage de sept cent cinquante millimètres, ou un mur de béton d'un mètre cinquante d'épaisseur. Les Irakiens les utilisaient pour anéantir les chars américains Abrams M1A2.

Pendant que Brane donnait ses savantes explications, Mirta, les yeux langoureux, l'observait en caressant de haut en bas le projectile tubulaire.

Elle connaissait déjà ce que Branimir était en train de raconter, mais elle aimait l'entendre de sa bouche. Quand elle lui demanda s'il l'autoriserait à tirer une roquette, et qu'il accepta sans réfléchir au coût exorbitant de ce caprice, elle trembla de bonheur. Elle mit un genou à terre, Brane posa le tube sur son épaule et ajusta le viseur.

– Si seulement on avait une cible…, dit Mirta.

À peine eut-elle prononcé ces paroles que Branimir se retourna, l'air pensif. Dans un coin de la Combe aux Aspics, oubliée depuis leur expédition à Split, était parquée une voiture blanche aux couleurs de la police.

– Arrose la Škoda.

– Non, je ne peux pas, qu'est-ce qui te prend ? lança Mirta théâtralement.

– Canarde, puisque je te le dis ! dit Brane d'un ton viril.

Tous trois reculèrent prudemment derrière Mirta qui ferma un œil, visa et appuya sur la détente. Le lance-roquettes tonna sourdement en projetant une flamme : le projectile survola les champs de pois chiches et de courges, les buissons de ronces et de mûres, fonça à côté d'un amandier et des toilettes de jardin délabrées et toutes pourries pour finalement s'enfoncer dans l'automobile. La malheureuse Octavia se souleva d'un bon mètre, le réservoir à essence explosa dans une magnifique flamme rouge, les débris s'éparpillèrent à travers toute la vallée. La porte conducteur, avec ses trois lettres vertes « POL », tomba aux pieds du vieux Jozo qui, sous le mûrier, lisait tranquillement l'almanach catholique de l'année 1976. Mais il en voulait tellement à ses fils qu'il ne détourna même pas la tête.

La Combe aux Aspics fut couverte d'une fumée dense pendant quelques minutes. Lorsqu'elle se dissipa, Branimir, Zvonimir, Mirta et Mirna étaient toujours debout, un sourire béat aux lèvres, assourdis par l'explosion. Mirna s'approcha de son amie et chuchota à son oreille :

– Qu'est-ce que tu as dit ? Je n'entends rien ! cria Mirta.

– J'ai dit : je suis complètement mouillée ! hurla Mirna.

– Et moi donc ! brailla Mirta.

Puis elles se regardèrent et éclatèrent de rire.

+

Lovorka avait pétri la pâte sur la table près de la fenêtre de la cuisine, l'avait laissée lever, puis s'était mise à découper des tranches de viande séchée et de fromage. Krešimir s'approcha par-derrière, l'embrassa et prit un morceau de viande. Il lança un regard sur les deux filles qui, dehors, se tordaient de rire, et remarqua :

– J'ai l'impression que ces deux-là se contrefichent que Brane et Zvone ne sachent pas danser.

+

L'après-midi, Mirna et Mirta mirent leurs casques, enfilèrent leurs baudriers et s'en allèrent conquérir la falaise surplombant le village. Depuis le sol, les jumeaux les observaient avec admiration s'agripper, jambes et bras écartés, à des saillies invisibles de la paroi, enfoncer des pitons dans le rocher, tirer des cordes et progresser avec assurance vers le sommet. À quelques mètres du but, Mirna lança à son amie :

– Cocotte, si tu te mets à fricoter avec ce mec, je te tuerai sans hésiter, cette fois-ci. Je ne plaisante pas, tu pourras faire ta prière.

– Idem, répondit Mirta. Si tu touches au mien, je t'assassine.

– On est d'accord.

– Promis, juré, craché.

Mirta prit appui sur son pied droit et s'agrippa de la main gauche à un replat situé juste sous le sommet. Elle se figea, embrassant du regard le soleil qui, dans le lointain, effleurait le sommet d'une montagne, et reprit :

– Et si je les confonds ? Ce sont quand même des jumeaux.

– Ils ne sont pas monozygotes, l'avertit Mirna.

– Je sais, mais on peut se tromper.

– T'es une vraie morue, déclara Mirna affectueusement.

Mirta se tourna vers son amie et lui lança un clin d'œil.

✢

La nuit était tombée, chaude et estivale. Mirna et Mirta allumèrent un feu devant la tente et s'assirent sur des couvertures. Brane et Zvone arrivèrent un peu avant neuf heures, douchés et parfumés à l'eau de Cologne qu'ils avaient empruntée à Krešimir, apportant quelques bouteilles de vin et une grande pizza que leur avait cuisinée leur belle-sœur. Les filles jurèrent que c'était la meilleure qu'elles avaient dégustée de toute leur vie, et elles en avaient avalé, des pizzas. Par contre, elles apprécièrent moyennement le vin.

– Oh ! s'ébroua Mirta en avalant la première gorgée. Qu'est-ce que c'est que ça ?

– Notre production, dit Branimir sur un ton innocent.

– Le père cueille chaque année des raisins dans la vallée, et il fait son propre vin, ajouta Zvonimir qui s'était assis à côté de Mirna.

– C'est pour ça qu'il est toujours en pétard. Vous devez arrêter de lui en donner.

Mirna but une gorgée, et approuva son amie.

– C'est vrai, ce truc détruit la structure psychique.

– Mirna travaille en psychiatrie, expliqua Mirta aux jumeaux. Moi, en urologie.

– Ça ne sent pas le pétrole ? demanda Mirna après avoir soupçonneusement reniflé le goulot.

– C'est possible, dit Zvonimir. Le père oublie souvent de laver les bidons.

– Et vous deux ? demanda Mirta. Vous faites quoi ?

– C'est sans importance, dit Branimir.

– Oh, j'aime les hommes mystérieux, soupira Mirna. Juste une question : la Škoda de la police, vous l'avez volée ?

– Non, pas du tout ! On nous l'a donnée.

– On vous l'a donnée ? répéta Mirna, incrédule. Un policier vous a donné sa voiture de fonction ?

– Techniquement, il nous l'a donnée, dit Zvonimir prudemment.

– Techniquement, répéta Mirta de manière significative.

– J'ai le sentiment qu'il vaut mieux ne pas savoir, conclut Mirna.

Puis ils gardèrent tous le silence. Les jumeaux se regardaient fixement, et les jeunes filles se lancèrent un clin d'œil en souriant. Mirta but une nouvelle gorgée du vin de Jozo en faisant la grimace, comme si elle avait mordu dans un citron. Zvonimir jeta deux bouts de bois dans le feu, projetant une nuée de braises dans le ciel nocturne. En bas, dans le village, Lovorka sortit de la maison pour vider un seau : un rectangle de lumière brilla un instant dans la nuit. Mirta se tourna vers Branimir.

– Tu ne serais pas le mec dont maman et papa me disaient de me méfier, et que j'ai attendu toute ma vie ?

– Je ne sais pas, dit Brane, car il ne savait réellement pas quoi dire.

Ils se regardèrent quelques instants avec avidité, puis, tout à coup, avec gravité. Il baissa une épaule, s'approcha avec crainte, et l'embrassa.

– Ça, c'était bien, chuchota-t-elle.

De l'autre côté du feu, embarrassés, Mirna et Zvonimir fixaient les flammes, n'osant pas se regarder.

– Tu as une copine ? demanda-t-elle après un moment.

– Non... heu... je n'en ai pas..., bafouilla-t-il.

– Tu n'en as techniquement pas, ou...

– Non, je n'en ai pas, répéta Zvone avec plus d'assurance.

– Je suis heureuse de l'apprendre, dit Mirna.

Prenant son courage à deux mains, il lui saisit la main. Leurs doigts s'entrelacèrent. Ils se risquèrent à se tourner l'un vers l'autre.

– Tu me plais, dit Zvonimir.

– Toi aussi, tu me plais. Beaucoup, répondit timidement la jeune fille.

– Il est où, ce vin ? lança Mirta d'un air canaille en s'extrayant des bras de Branimir, mettant fin à la magie.

Zvone se leva pour passer une bouteille à ses voisins, puis revint s'asseoir à côté de Mirna, qui, sans un mot, se coucha sur le dos en l'attirant vers elle.

– Ooh ! rugit Mirta après avoir bu une gorgée. Tu vas voir la bête que je suis quand je suis saoule !

– Non ! Non ! Non, ça me chatouille ! s'écria Branimir, horrifié.

✢

Il était environ une heure du matin lorsque Nenad cessa de creuser et dit à Ratko :

– On y est.

– Tu es sûr ?

– J'ai tout calculé ; je me suis peut-être trompé d'un mètre, à gauche ou à droite. On devrait se trouver sous la route, au virage où commence la Combe aux Aspics. Sortons ! dit-il avec enthousiasme en creusant le plafond du tunnel, faisant fi de la terre qui lui tombait dessus.

– Neno, dit alors Ratko, embarrassé, d'une voix triste. Neno, je dois te dire quelque chose.

– Quoi ?
– Je ne pars pas avec toi.
– Comment ça ?
– Eh bien... je reste ici.
– Tu es fou ? s'alarma Nenad. Ces sauvages nous gardent ici comme esclaves, et toi...
– Non, ne dis rien, l'interrompit Ratko. Je t'ai aidé à creuser le tunnel ; tu peux partir, je te souhaite bonne chance, mais moi, je reste.
– Pourquoi ?
– Parce que. Je ne peux pas te le dire.
Nenad réfléchit quelques instants, puis il s'écria :
– C'est ce qu'on appelle le syndrome de Stockholm ! Tu t'es identifié à tes ravisseurs.
– Je ne sais pas comment ça s'appelle, mais moi, je reste.
– D'accord, comme tu veux, conclut, compréhensif, l'aîné des percepteurs. Tiens bon, on viendra te libérer dans quelques jours.

Ils se donnèrent la main et s'enlacèrent maladroitement, puis Ratko retourna à quatre pattes dans le cellier pendant que Nenad continuait à creuser. Une dizaine de minutes plus tard, il parvint à la surface, jetant un œil craintif autour de lui et comprenant qu'il s'était trompé dans ses calculs. Le tunnel aboutissait juste à côté du foyer, heureusement éteint, devant la tente des grimpeuses. À sa gauche, il aperçut les pieds nus d'un homme qui dépassaient d'une couverture.

Réveillée par des bruits insolites, Mirta leva la tête et vit un individu sortir du sol. Sur son visage barbouillé, seuls les yeux brillaient dans le noir. Ils se regardèrent quelques instants, elle avec stupéfaction, lui avec effroi. Il reprit ses esprits, s'extirpa de son trou et courut dans la nuit.

Mirta réfléchit quelques secondes à cette curieuse apparition, puis trouva la seule explication possible :
– Mon Dieu, quel vin ! murmura-t-elle avant de retourner sous la couverture, posant la main endormie de Branimir sur son flanc.

CHAPITRE ONZE

Où l'on constate que le crime ne paie pas, et où l'on apprend qu'untel est prêt à mourir, mais pas dans l'immédiat. Après, on se rend dans une salle de tribunal où une dame sévère lance un mystérieux sourire à un jeune homme.

Sous la lune, Neno Nevjestić courait comme un dératé, titubant, vacillant, tombant sur ses mains et ses genoux. Les branches au bord de la route fouettaient son visage, sa chaussure gauche resta coincée dans un nid-de-poule, il roula au bas d'un talus. Les vêtements en lambeaux, sale, ensanglanté et épuisé, il finit par rejoindre une route asphaltée et s'y affala, riant comme un dément. Au lointain apparurent les feux d'un véhicule. Il se leva prestement et se mit au milieu de la chaussée, agitant les bras.

Le chauffeur du camion, un Bosniaque de Bugojno qui transportait du bois de hêtre, hésita à le laisser monter quand il vit de quoi il avait l'air, mais le percepteur, désorienté, monta dans la cabine, l'implorant, lui promettant de l'argent, en appelant à son humanité. Il s'assit, claqua la porte, attacha sa ceinture : le chauffeur ne put rien faire. L'auto-stoppeur détraqué parla durant tout le voyage, affirmant que des aspics l'avaient séquestré pendant plus de deux mois. Le chauffeur se souvint d'un de ses oncles qui, lorsqu'il était saoul, était pareillement persuadé que des serpents rampaient sur son corps. Roulant sur la route déserte à travers les villages ensommeillés, le Bosniaque maudissait son sort, regardant comment se saisir de la hachette dissimulée dans le vide-poches au cas où ce diable lui sauterait dessus. Il fut soulagé en arrivant au terminal de fret de Stobreč. Là, il eut pitié du malheureux, lui fourra dans les mains la monnaie rendue à la station-service et, inquiet, le regarda s'éloigner.

À quatre heures du matin, l'évadé de la Combe aux Aspics parvint à sauter dans le premier bus pour la ville. En achetant son billet, il demanda au chauffeur s'il s'arrêtait devant un poste de police ; celui-ci hocha la tête, le regardant de travers. Il s'assit en face d'une vieille dame et d'une petite fille, que la première, terrorisée, serra contre son sein. Remarquant l'air horrifié de la petite, Nenad Nevjestić, ci-devant percepteur, beau gosse, cultivé, urbain, métrosexuel par-dessus le marché, eut honte et éclata en sanglots. Il hoqueta jusqu'à Split, barbouillant de larmes son visage crasseux. À un moment donné, outrée, la vieille dame s'exclama :

– Quelle honte !

Les deux policiers de service écoutèrent avec méfiance Nevjestić leur raconter avoir été séquestré quelque part dans les collines par un père et ses quatre fils. Mais au moment où il nomma ses bourreaux, et qu'il dit que l'un d'entre eux se prénommait Krešimir, ils se souvinrent de l'affaire que le chef Ciboulette s'efforçait fébrilement de résoudre ; ils essayèrent de décider lequel d'entre eux irait apporter la bonne nouvelle à son supérieur.

– Laisse-moi, supplia le premier, je dois grader.

– Oublie ça, je dois trouver un travail pour ma femme, répondit le second en composant le numéro privé de Ciboulette.

– Tu as raison, appelle-le, dit le premier. Qui sait si ce clochard dit la vérité.

Le second se figea, le combiné à la main.

– Tu ne veux pas l'appeler ?

– Ah, non. C'est toi qui as le téléphone.

Le chef Goran Ciboulette était déjà debout. En fait, il s'était réveillé une demi-heure auparavant, car, en rêve, il avait résolu le mystère qui le tourmentait depuis la veille. En mangeant son dîner, il avait terminé les mots croisés de *La Dalmatie libre*, puis il s'était mis à dessiner des cercles et des étoiles dans les marges du journal, avait rempli de traits obliques les lettres des titres, avant de dessiner des cornes et des lunettes sur les visages en photo. À la rubrique culturelle, il avait ajouté des moustaches au portrait du critique cinématographique reproduit au-dessus de son article. À cet instant, ce dernier lui sembla familier, mais, malgré tous ses efforts, il ne put se souvenir d'où il le connaissait. Quelques heures plus tard, il ouvrit les yeux et comprit : le critique était le second prêtre, celui aux moustaches, l'autre jour à la cathédrale. Il sauta du lit et alla examiner le journal posé sur la table de la cuisine – c'était bien lui, aucun doute là-dessus. Exalté par sa découverte, il se mit à arpenter nerveusement son appartement, résistant à la tentation d'appeler le bureau avant cinq heures du matin pour ordonner l'arrestation du critique ; c'est à cet instant qu'avait sonné le téléphone, donnant à son enquête une nouvelle direction.

Les forces de police étaient sur le pied de guerre avant sept heures du matin. Toutes sans exception : la criminelle, la police de la circulation, de la navigation, la police des frontières et les forces spéciales. On avait ordonné à tous les hommes de Split, Solin, Sinj, Omiš, Trogir, Makarska, Trilj et Imotski de se présenter arme au poing à la bifurcation sur la route de Smiljevo qui monte vers le hameau reculé. Goran Ciboulette enfila son gilet pare-balles et s'engouffra dans sa voiture pour prendre personnellement le commandement des opérations. Une interminable colonne de véhicules de police, toutes sirènes hurlantes, prit le chemin de la Combe aux Aspics. Là-bas, il n'y avait personne pour monter la garde : les jeunes ne se souciaient plus de la sécurité : comme l'avait prophétisé le vieux Jozo, ils avaient honteusement cédé à la tentation de la chair.

✣

Vers neuf heures du matin, les cheveux en bataille et engourdis de sommeil, Branimir et Zvonimir regardaient avec étonnement le trou dans le sol en écoutant Mirta leur parler de l'apparition qui, la nuit précédente, en était sortie. Ils étaient en train d'essayer de comprendre ce qu'elle disait quand une voix gronda d'un mégaphone à travers toute la combe.

– Un !... Un, deux !... Est-ce que ce machin fonctionne ?

– Ça fonctionne !... Ça fonctionne !... Ça fonctionne !..., se firent entendre des voix d'hommes de tous les côtés.

Krešo et Lovorka sortirent de la maison de l'oncle défunt. Cherchant d'où provenaient ces voix, ils parcoururent du regard le paysage pierreux ; Domagoj et Jozo sortirent les armes à la main. Apercevant Brane et Zvone près de la tente, le père leur fit signe de venir à lui. Les jumeaux prirent chacun sa copine par la main et lui obéirent. Voyant cela, le frère aîné, avec sa femme, comprit que, dans cette situation, ils devaient faire bloc. Tous les six coururent se réunir sous le mûrier. À ce moment-là, le type au mégaphone se fit de nouveau entendre :

– Les Aspic, est-ce que vous m'entendez ? C'est le chef de la police régionale, Goran Ciboulette, qui vous parle, le meilleur commandant de police de ce pays, le commandant qui résout tous les crimes, contre lequel vous avez eu le malheur de vous dresser. Vous pensiez vous en sortir ? Eh bien, non. La justice a les jambes courtes. Elle est lente, dit-on, mais persévérante. Après deux mois d'efforts, notre enquête a finalement porté ses fruits. Vous êtes piégés, entourés de tous côtés. Plus de mille deux cents de mes gars vous ont dans leur viseur. À votre place, sincèrement, je ne tenterais rien, mais mon conseil, bien entendu, ne vous...

Excédé par ce monologue, Jozo n'y tint plus. Sa mitraillette à la main, il courut à découvert et hurla en direction de la montagne :

– Va chier !

D'un coup, mille deux cents fusils et pistolets de la police firent feu dans sa direction. En rafales ou non, les coups pleuvaient autour de lui, sifflant à travers l'air brûlant de juillet, soulevant la poussière et brisant les pierres, ricochant contre le toit du garage, tambourinant contre la remorque du tracteur; tressautant comme une marionnette au bout de son fil, Jozo retourna rapidement sous le mûrier. Dès que le vieux disparut de leur champ de vision, les policiers cessèrent de tirer. Un silence de mort s'abattit sur la Combe aux Aspics; seules quelques poules s'aventurèrent à glousser.

– Je pense que la démonstration de notre puissance de feu est suffisamment convaincante, dit Ciboulette quelques instants plus tard d'un ton plutôt suffisant. Nous pouvons en remettre une couche, si vous le voulez. Ça ne me plairait pas, et, croyez-moi, ça vous plairait encore moins…

– Quel casse-couilles! dit Lovorka en se tournant vers Krešimir. C'est pour ça qu'il m'a toujours paru antipathique. Quand il se mettait à déblatérer comme ça, j'avais envie de lui en foutre une.

– Il y va de notre intérêt commun que cette crise se résolve sans victimes, continuait le policier dans son mégaphone. C'est pourquoi je vous invite à réfléchir, à être raisonnables. Il est neuf heures vingt. Je vous donne jusqu'à dix heures et demie pour vous rendre, en espérant que vous allez libérer les femmes et les prisonniers d'ici là… Lovorka! ajouta Ciboulette tendrement. Lovorka, si tu m'entends, je t'aime toujours! Reviens, je te pardonne tout!

– Crétin, dit Lovorka avec dédain.

– Les prisonniers? s'écria Krešimir. Comment sait-il pour les prisonniers?

Branimir réfléchit quelques instants, puis courut au cellier. Zvonimir se tourna tristement vers Mirna.

– Je suis heureux de t'avoir connue, mais désolé que cela n'ait pas été dans de meilleures circonstances. On se reverra peut-être…

– Tu parles de quoi? l'interrompit Mirna.

– Eh bien... je me disais... vous deux... vous allez..., bafouilla Zvone en montrant la route au loin.

– Quoi ? Nous rendre ?

– Euh...

– Allez, dis pas de conneries ! dit Mirna.

– Partir maintenant, quand ça devient vraiment intéressant ? ajouta Mirta joyeusement. Hors de question.

Branimir revint, tenant fermement Ratko par le bras.

– L'autre n'est plus là. Il s'est échappé.

– Il s'est échappé ? Comment il s'y est pris ?

– Par un tunnel, dit Brane. Ils ont creusé un tunnel.

– C'est donc ça..., comprit Mirta.

– Un tunnel ?! s'exclama Jozo en se précipitant vers le prisonnier pour le frapper de son fusil. Fumier, va ! C'est comme ça que vous me remerciez, après tout ce que j'ai fait pour vous...

Redoutant le coup, Ratko se baissa en se protégeant la tête. Mais Krešo saisit son père par les hanches au dernier moment.

– Ne fais pas de conneries. Il ne manquerait plus que l'on tue quelqu'un dans toute cette merde.

– Je m'en bats l'œil, dit Jozo en se libérant, de toute façon on va mourir d'ici une demi-heure.

– Qui va mourir ? lança Lovorka d'un air de défi. Moi, non. Toi non plus, Krešimir.

Sans en connaître la raison, empli de fierté pour sa femme, Krešimir se mit à l'embrasser.

– Alors quoi ? Vous refusez de vous battre ? s'emporta Jozo. Vous allez laisser l'ennemi piétiner votre foyer sans en découdre ?

– Tu peux te le fourrer où je pense, ton foyer ! tonna sa belle-fille. Tu n'as pas honte ? Tu laisserais tes fils mourir pour ces ruines ?

– Il n'y aura pas de bataille, murmura, déçue, Mirta à son amie.

– Il n'y aura pas de bataille, personne ne va se battre, ajouta Lovorka à qui les deux folles commençaient à taper sur les nerfs, puis elle se tourna vers Brane, Zvone et Domagoj, ajoutant prudemment : Si vous avez du plomb dans la cervelle, bien sûr.

Penauds, tous trois fixèrent le sol. Il n'en fallut pas plus à Jozo pour se convaincre que sa belle-fille était une sorcière, et qu'elle les avait tous envoûtés.

– Pouah ! cracha-t-il, dégoûté. Bande d'andouilles, vous allez tous pourrir en prison… Et toi ? demanda-t-il à Ratko. Qu'est-ce que tu attends ?

Effrayé, le prisonnier recula de deux pas.

– Fiche-moi le camp ! Dégage, avant que je ne change d'avis !

– Monsieur, ne vous fâchez pas, mais moi, je veux rester.

– Quoi ? Tu veux rester ? Va-t'en ! cria Jozo en empoignant sa mitraillette. Fiche le camp, couillon, avant que je te descende !

– Monsieur, non, s'il vous plaît ! gémit Ratko en se ratatinant.

Il éclata en sanglots, mais Jozo, implacable, pointa son fusil sur lui.

– Papa, non ! s'écria Domagoj en accourant vers le prisonnier et en le prenant par la main. On s'aime !

Pendant quelques instants, tout se figea devant la maison, comme sur une photographie. Le temps s'arrêta, les oiseaux s'immobilisèrent dans le ciel, la Terre cessa de tourner autour du Soleil : telle était la stupéfaction devant la vision de ces deux hommes enlacés, le premier en larmes, le second lui caressant tendrement les cheveux.

– Des tapettes ! murmura Jozo horrifié, avant d'ajouter : Maintenant, ils peuvent bien me tuer.

Résolument, il se dirigea sur ses courtes jambes à terrain découvert et cria :

– Tirez ! Tirez, bande de fumiers !

Il n'en fallut pas plus pour convaincre les policiers : mille deux cents armes à canon long et court firent de nouveau feu. Le père changea soudainement d'avis et, sautillant, revint sous le mûrier.

– Ils y vont fort ! remarqua-t-il avec une pointe de respect dans la voix.

– Les Aspic, c'est notre dernier avertissement ! cria Goran Ciboulette dans son porte-voix.

– Va te faire foutre, toi et ton dernier avertissement ! jura Lovorka avant de demander : Quelle heure est-il ?

– Dix heures moins cinq.

– Parfait, dit la belle-fille. C'est l'heure du café.

Krešimir demanda un double, Domagoj un café crème. Ravalant ses larmes, Ratko commanda un café au lait chaud, Branimir au lait froid. Mirna demanda s'il y avait du cappuccino. Mirta prit un café allongé, Zvonimir un court, et Jozo un café normal, mais avec de la saccharine. Lovorka alla à la cuisine, les autres s'installèrent à la table sous l'arbre.

– Tapette ! se moqua Zvonimir, voyant son frère tenir le percepteur par la main.

Domagoj se tourna vers lui, l'air coupable.

– Tu es fâché ?

– Il n'y a pas de quoi être fâché, dit Zvone. Tu l'aimes ?

– Je l'aime.

– S'il te va, il me va aussi.

Ratko lui sourit avec gratitude, mais les plaisanteries fusèrent de l'autre côté.

– Eh, la tapette ! lança joyeusement Branimir.

– Je viens de penser à un truc, dit Mirta. Je pourrais moi aussi finir en prison.

– Pourquoi toi ? demanda Zvone.

– À cause de la Škoda d'hier.

– Qu'est-ce qui te prend ? s'exclama Zvonimir. Jamais on ne dira que c'est toi qui as fait ça.

– C'est vrai ? s'étonna Mirna en le regardant amoureusement.

– Bien sûr.

Lovorka revint avec un plateau et des tasses. Le silence se fit pendant quelques instants. Une demi-heure avant qu'on les emmène dans le panier à salade, tranquillement installés sous le mûrier, les Aspic sirotaient leur café, le dernier en liberté avant longtemps. Lovorka se tourna vers son mari, lui passa tendrement la main dans les cheveux, se pencha et lui chuchota quelque chose à l'oreille. De stupéfaction, celui-ci sauta de sa chaise et renversa son café sur son pull.

– Qu'est-ce qu'il y a ? demanda Branimir.

– Je suis enceinte, annonça Lovorka en souriant.

✢

Les mille deux cents policiers armés disposés en arc de cercle autour de la Combe aux Aspics se regardèrent avec étonnement lorsque des voix grondèrent en chœur.

– Qu'est-ce que c'est ? demanda Ciboulette en tendant l'oreille.

– Monsieur, ils chantent.

– Ils chantent ?

Dévalant les talus de pierres, survolant les bosquets et les petites parcelles clôturées, la broussaille épineuse, les buissons jaunes d'immortelles et bleus de sauge, s'élevant vers les sommets des montagnes azurées couverts de petits bonnets de neige même en cette saison, une chanson joyeuse venait de retentir :

J'aime papa, j'aime maman,
J'aime mon p'tit chat, mon p'tit chien, mon p'tit frère,
J'aime papa, j'aime maman,
J'aime ma grand-mère et mon gros éléphant

✢

– Blessures corporelles graves, privation illégale de liberté, esclavagisme, banditisme, brigandage armé, mise en danger de la vie et des biens, entrave à l'action d'un agent public dans l'exercice de ses fonctions, violence contre les fonctionnaires, détention illégale d'armes et d'engins explosifs, conclut l'avocat en jetant un regard inquiet au père et à ses quatre fils.

– C'est grave ? demanda Jozo innocemment.

– Cher monsieur, tout cela va chercher dans les vingt ans de prison, expliqua l'avocat, un jeune homme, le fils d'un cousin d'oncle Ive.

– Pour chacun, ou… ?

– C'est difficile de se prononcer, vous savez, tout dépend du juge, il y en a qui sont plus cléments, qui pourraient condamner chacun d'entre vous à deux ans, deux ans et demi, et il y en a…

– Le nôtre est clément ? l'interrompit Branimir.

– Le vôtre est le pire, le consola l'avocat. En fait, *la* vôtre. La juge Jagatić. Ciboulette a fait jouer ses relations pour que votre affaire soit jugée par la magistrate la plus sévère. Elle ne le connaît pas, mais il a tout fait pour que vous lui tombiez entre les pattes. Il n'a besoin de rien de plus. Jagatić est une fanatique, dure, impartiale, incorruptible, dogmatique, courageuse. Elle a la langue bien pendue, jamais elle ne s'abstient de dire ce qu'elle pense. Même si cela doit lui nuire. Je suis désolé de devoir vous dire ça, mais avec elle, vous ne devez vous attendre à rien de bon.

– Eh bien, advienne que pourra, dit Jozo avec résignation pendant que Krešimir observait la pièce avec nostalgie, la même pièce où, presque neuf mois auparavant, il était venu avec son oncle Ive rencontrer Jerko Matas, le faussaire.

+

Comme tous les Aspic qui se respectent, ils encaissèrent stoïquement les mauvaises nouvelles, mais leurs quatre compagnes, en particulier la femme de l'aîné, étaient sous le choc. Lovorka pâlit et faillit s'évanouir lorsque son mari lui rapporta les paroles de l'avocat. À la fin, elle se montra courageuse. Elle se leva, les mains sur son ventre déjà imposant, l'enlaça et lui dit de faire attention ; elle et leur enfant s'en sortiraient.

Après six mois de détention provisoire, le jour du jugement arriva. Le chef de la police s'évertua à en faire un spectacle. La foule s'était rassemblée dans la rue, les journalistes rapportaient les événements en direct et posaient des questions à l'adjoint du procureur qui se frayait un passage, une serviette noire à la main. Quand apparurent les accusés menottés aux mains et aux pieds, ils furent quasiment aveuglés par les flashs innombrables des appareils photo.

La plus vaste des salles de tribunal de Split était trop petite pour accueillir toutes les personnes passionnées par l'affaire. On les installa les cinq au premier rang en leur enlevant leurs menottes. Les discussions faiblissaient, puis le silence se fit. La juge Barbara Jagatić entra dans la pièce : c'était une femme plutôt âgée, menue, aux cheveux roux, dans un costume gris et une chemise en soie jaune. L'air absorbé et revêche, elle s'assit à la place du président de la cour et se mit à examiner les documents étalés devant elle.

– Ouvrez les fenêtres, dit-elle en continuant sa lecture. Certains n'ont pas pris leur douche, ce matin.

Ce n'est qu'après une minute ou deux qu'elle leva la tête et examina gravement la salle du tribunal. Elle posa finalement ses yeux sur les accusés. Son regard s'arrêta sur Branimir, et elle lui sourit, de manière soudaine et inattendue. Confus, Branimir lui rendit son sourire.

Durant tout l'exposé des faits, pendant la lecture de l'acte d'accusation et les mots d'introduction du procureur et de la défense, elle jeta des coups d'œil à Branimir et lui lança des sourires ; ce dernier devint persuadé que la juge Jagatić était tombée amoureuse de lui. Ce n'est qu'à la fin, dans le fourgon qui les ramenait à la prison, que Zvone lui fournit une explication :

– Tu as vu comme la juge nous souriait ?

– Quoi, à toi aussi ?

– Tu ne l'as pas reconnue ?

Branimir hocha la tête en signe de négation.

– Tu te rappelles quand on s'est arrêtés à la station-service ? La femme avec son mari ? Celle que les tondus voulaient frapper ?

Branimir soupira à l'idée qu'il ne serait pas tenu d'expliquer à la dame qu'ils ne pouvaient être ensemble, car il avait une petite amie.

Le jugement dura un mois entier. Finalement, un vendredi autour de midi, Goran Ciboulette faisait nerveusement les cent pas dans les couloirs du tribunal alors que, dans la salle à l'étage, se terminait ce que les médias avaient qualifié de « procès du siècle ». Une heure s'écoula avant que le policier stagiaire qu'il avait dépêché pour assister à la lecture du jugement ne dévale les escaliers en courant.

– Six mois, monsieur ! lança-t-il.

– Quoi, six mois ?!

– L'accusé principal, le frère aîné, six mois. Le temps passé en préventive est compris dans la peine. Les autres ont eu moins. Le cadet a eu du sursis.

– Comment ça, bon sang de bonsoir ?

– C'est un vétéran, dit le stagiaire.

Goran Ciboulette se tourna vers une colonne et – boum ! Il donna un coup de tête.

– Il n'a jamais été condamné auparavant, continua le jeune homme.

Boum ! Le commandant de la police donna un deuxième coup de tête.

– Il n'était pas conscient de la gravité de l'infraction pénale.

Boum !... Boum !... Boum !...

Le chef martelait en rythme la colonne de marbre qui soutenait le Palais de justice. Il continuait de la frapper de son front quand les Aspic passèrent à côté de lui, tout sourire.

– Ciboulette, vieille branche ! lança Branimir.

– Passe le bonjour à ta maman, dit Zvonimir, ce qui le rendit complètement fou.

Il courut à l'étage, fit irruption dans la salle, se mit à jeter les meubles par la fenêtre, et, à la juge Jagatić qui était en train de ranger des documents dans sa serviette, il dit toutes sortes de choses. Par bonheur, la greffière étant toujours présente dans le tribunal, il fut transcrit avec précision qu'il l'avait appelée, deux-points ouvrez les guillemets, putasse, grosse vache, tas de merde, vieux dragon, sale tchetnik, et qu'il l'avait menacée de mort, elle et sa famille.

+

Après six années de suspension et une lourde procédure disciplinaire, Ciboulette réintégra la police, à la circulation routière.

Lovorka et Krešimir eurent un garçon, dodu et en bonne santé, qu'ils appelèrent Mile. Ils s'étaient mis à retaper les ruines du village dans le but de faire de l'agrotourisme et d'organiser des séminaires de team building. Mais quand ils eurent payé toutes les factures d'électricité en retard, il ne leur resta plus beaucoup d'argent.

Mirna, Zvonimir, Mirta et Branimir aiment à écumer les collines et tuer d'innocents animaux. Bien que vivant ensemble, ils ne sont toujours pas mariés. Tout comme Domagoj et Ratko. Ces deux-là pensent adopter un petit Ghanéen.

Depuis qu'on lui a interdit de boire son vin, Jozo est presque devenu agréable. Lovorka s'est même récemment risquée à lui faire une proposition :

– Papa, j'ai une tante qui est restée veuve il y a deux ans, vous ne voudriez pas que je vous la présente ?

– Elle a de gros nichons ?

– Un bonnet F débordant.

– Allez, amène-la-moi, on verra bien, consentit l'aîné des Aspic.

TABLE DES MATIÈRES

LA BIBLIOTHÈQUE DE DIMITRI

Andreï Biely
La Colombe d'argent

Stanisław I. Witkiewicz
L'Inassouvissement

Valeri Brioussov
L'Ange de feu

Alexandre Grine
L'Attrapeur de rats

Anatoli Mariengof
Mon siècle, ma jeunesse

George & Weedon Grossmith
Journal d'un homme sans importance

Andrzej Bart
La Fabrique de papier tue-mouches

Eugenio Corti
Le Cheval rouge

George Steiner
Le Transport de A. H.

Karel Čapek
Le Châtiment de Prométhée et autres fariboles

Miloš Tsernianski
Le Roman de Londres

Evgueni Zamiatine
Le Fléau de Dieu

CET OUVRAGE A ÉTÉ ACHEVÉ D'IMPRIMER
SUR ROTO-PAGE
PAR L'IMPRIMERIE FLOCH À MAYENNE
EN MARS 2021

N° d'impression : 97899
Dépôt légal : mars 2021
Imprimé en France